LA ESTRELLA QUE CAYÓ UNA NOCHE EN EL MAR

COLECCIÓN CANIQUÍ

EDICIONES UNIVERSAL, Miami, Florida, 1995

Luis Ricardo Alonso

La Estrella que cayó una noche en el mar

Premio Asturias de Novela, 1994
Fundación Dolores Medio

© Copyright 1995 by Luis Ricardo Alonso

Derechos de autor, ©, por Luis Ricardo Alonso. Todos los derechos son reservados. Ninguna parte de este libro puede ser reproducida o transmitida en ninguna forma o por ningún medio electrónico o mecánico, incluyendo fotocopiadoras, grabadoras o sistemas computarizados, sin el permiso por escrito del autor, excepto en el caso de breves citas incorporadas en artículos críticos o en revistas. Para obtener información diríjase a Ediciones Universal.

Primera edición, 1995

EDICIONES UNIVERSAL
P.O. Box 450353 (Shenandoah Station)
Miami, FL 33245-0353. USA
Tel: (305)642-3234   Fax: (305)642-7978

Library of Congress Catalog Card No.: 95-61210

I.S.B.N.: 0-89729-780-6

Composición del texto por María Cristina Zarraluqui

Diseño de la cubierta por Juan Abreu

Obra de la portada por Baruj Salinas

Foto del autor en la cubierta posterior por Ricky

*Para los cubanos del siglo XXI,
que podrán leer sin censura*

Aún divisaba la costa de la Isla. Las olas, rompiendo suavemente frente a la playa de arena blanca, las uvas caletas de color verde intenso que, a esta distancia, parecía negro, el promontorio verde claro que se abrazaba al mar como diciendo adiós. Las palmas reales, los penachos desmelenados por la brisa fresca del amanecer; la vieja casa de estilo colonial en la distancia, larga y sucia y desgarbada, la pintura cayéndose en flecos grises, la casa donde habían veraneado por docenas de años los alumnos y maestros del colegio de curas gallegos, cuyas normas rigurosas forzaban el uso de la casta camiseta antes de acercarse a las olas del mar. Congregantes de San Estanislao de Kostka sustituidos más tarde por internacionalistas de la nomenklatura de Europa del Este en progresista bikini, y ahora sustituidos a su vez por turistas de consumo del capitalismo viajero, preñados de codiciadas divisas, convertibles —inmerecidamente acumuladas por la plusvalía— que amamantaban la patria leninista en estos tiempos de penuria ideológica y troika de mercado, y que frecuentemente atestiguaban en nuestro Mar Caribe, su decadencia histórica bañándose en cueros, y permitiendo a los nativos un atisbo de cuerpos burgueses de mujer cuidada.

A la Naturaleza todo le era igual y había recibido con su implacable sol cancerígeno, generosidad permanente y tropical júbilo a todos los veraneantes e invernantes, sin distinción de ideologías efímeras que alternativamente hacían llorar y reír a la humanidad.

Era la misma costa de verde, azul y blanco que había hecho exclamar a otro enamorado viajero, Gran Almirante de Castilla, un 27 de Octubre hace más de quinientos años: "Es la tierra más fermosa que ojos humanos hayan visto". Y pocos años más tarde, el soñador Almirante abandonaba el Caribe con cadenas de hierro oprimiéndole los tobillos y el recuerdo de la Isla perdida que no lo abandonaría nunca. Ni siquiera al morir, desdeñado por los beneficiarios del mundo que entregó a

Castilla, había dejado de sentir la magia de la Isla y de pensar en ella, la primera tierra grande que encontró y de la que se enamoró y dijo "estas tierras que son muy fértiles" y que están habitadas por "esta gente sin saber qué sea mal ni matar a otros ni prender..." El Almirante de Castilla concluyó asegurando que el Paraíso Terrenal no estaba en el Eufrates como había sostenido la tradición piadosa, sino en el Caribe.

La belleza en la tierra puede ser tan peligrosa como en las mujeres. Atrae a toda clase de sujetos indeseables que enloquecen por poseerla. Caribes, más o menos caníbales, conquistadores más o menos cristianos; franceses, ingleses, holandeses, más o menos piratas, con o sin títulos de nobleza; yanquis, más o menos hambrientos de sol y de tierras tropicales; soviéticos solidarios, hermanos proletarios de más o menos mala leche; misiles nucleares de octubre, más o menos apocalípticos según la responsabilidad del guardián de la clave mortífera, que se transporta en un maletín impermeable de cuero negro.

Y la tierra seguía siendo hermosa, dulce y sensual como el primer día que la describió el embriagado Almirante. La isla de corcho a la que no habían podido hundir los esfuerzos concertados de hijos y extraños ni siquiera comportándose, en sustanciales números, no como agradecidos hijos de la isla fermosa sino como hijos de puta.

Miró la costa suya con nostalgia de los años venideros. La isla seguiría allí, sobreviviendo a todos los piratas y visitantes y neoespeculadores, pero para él sólo sobreviviría en la imaginación. La arena de talco, las palmeras que le gritaban no te vayas, las tristes uvas caletas, cenicientas de la costa, el tenue resplandor rojizo que le advertía que se le había hecho tarde en el remar, que debía apurarse, redoblar los esfuerzos aunque protestaran de dolor los músculos, para evitar el encuentro con las lanchas armadas de misiles prestas a devolver súbditos ingratos al paraíso de la rehabilitación ideológica. Sólo "lacras sociales", almas perdidas, o en el mejor de los casos esquizofrénicos de atar, podían intentar huir de su patria.

Le habían asegurado que sólo era cuestión de remar unas cuantas millas, nadie sabía decir cuantas, luego la corriente todopoderosa del Golfo se encargaría de él. Con remos o sin remos, con vela o sin vela, la corriente lo arrastraría a uno de los cayos que, a partir de las noventa millas empezaban a surgir del mar, o algo más tarde, días tal vez, a la costa oriental de la península, según fuera, ese día, el capricho del mar. O en el peor de los casos, la corriente lo empujaría más y más hacia el este hasta perderse en el Atlántico o si todavía quedaba algo de suerte sin gastar en la vida, hasta encontrar a los tres o cuatro días o a las dos semanas una de aquellas isletas de coral y arena de las Bahamas que por doscientos años habían favorecido los piratas gozones, al acecho en religiosa devoción de presa, de los barcos de la Flota, precursores del convoy antisubmarino, que salían de la más fermosa dos veces al año cargados del oro y la plata de toda América hacia el New York sin rascacielos ni cocaína de Sevilla. En manos de los piratas podía caer en un asalto a la Flota de América, medio presupuesto de España reduciendo a la mayoría de sus habitantes a la subsistencia de sopa boba y pan bendito. Era asaz desgracia que el Gran Almirante y su bragada tripulación se hubieran jodido tanto para que luego unos piratas, que eran además herejes sin bula, cargaran en una mañana de abordaje con todo el provecho. Claro está que los piratas anglicanos, calvinistas o francocatólicos de profesión, habrían de pudrirse a su tiempo en los mismísimos infiernos, pero esto era ya fiárselo demasiado largo.

El mar azul, cinco azules distintos, que rodeaba la Isla siempre había sido la ruleta de la fortuna. Por él habían viajado los caribes en busca de esclavos que engordar y comer; los conquistadores, que hacer trabajar; los piratas, que vender. Y los siervos robados al África para reemplazar a los desagradecidos taínos y siboneyes, prematuramente muertos sin terminar su jornada laboral. Y años más tarde los emigrantes del empobrecido agro español, en busca de riqueza o de fiebre amarilla. Seis décimas más de fiebre y España se hubiera quedado sin su primer Premio Nobel de Ciencia, víctima de la picadura de un humilde mosquito de la manigua cubana. La medicina aragonesa y la neurología se salvaron en este número de la ruleta caribe.

El Mar Caribe era libertad y abismo según el número que a uno le tocaba. El pensaba, quería pensar, que su número era de suerte, pero tenía en la memoria la frecuencia con que el mar se había burlado del amor.

Remaba solo, con un remo de sobresalto y el otro de coraje. A última hora Dámaso su hermano de isla se había negado a acompañarlo. Y comprendía y justificaba a Dámaso tanto como lo extrañaba. Habían soñado durante meses con la huída. Al llegar el momento definitivo, la realidad se les había arrojado a la garganta como un perro jíbaro.

El no sabía decir adiós. Trató de mirar la línea, ya distante, de la playa y adivinó más que vio las formas que conocía de memoria y el mar verde azul marino celeste turquesa zafiro y la espuma y el talco y a la izquierda el seboruco que destroza los pies ajenos inexpertos y el brote de manglar rojo y las olas que bailan bolero. En unas horas llegarían a gozar la playa las turistas del capitalismo topless. Y minutos más tarde, como niños en su patria huérfanos, tras la cerca de alambre gris que segregaba al cubano insolvente de la raza noble de divisa dura, aparecerían los siempre alegres nativos del proletariado caribe, a contemplarles, con ansias de consumo vedado, a las niñas disfrutantes del paquete turístico, los radios de pilas, los cassettes japoneses, las cámaras fotográficas y las tetas.

Tierra hermosa del ardiente sol y de la sangre derramada en vano. En Cuba los niños nacen para ser felices —le había dicho su padre una semana antes de caer luchando por la Revolución, bajo las balas de un sargento anónimo condecorado con la Orden del Mérito.

Mirando la costa que ya se iba borrando en la distancia, sentía que su vida quedaba truncada en dos. Y que la mutilación era irreversible. Y no había anestesia.

Era ese minuto que cambia toda la vida que vendrá: y todo lo que ocurra contendrá siempre ese minuto.

Nunca había querido irse, ni aún en los peores momentos. Siempre había pensado que el exilio era, en una u otra forma, a fin de cuentas, cuestión de: jódete cubano, pero **take it easy**.

2

No puede recordar cómo empezó la muerte a devorar la Isla. Pero sí recordaría para siempre la noche en que la policía asesinó con todo el rigor del orden, a su padre. O tal vez lo asesinaron uno o dos días antes, nunca se supo exactamente, el forense estaba muy nervioso y en estos casos no había nada que hacer salvo certificar la defunción —homicidio atribuido a desconocidos que conocía todo el mundo, aunque nadie identificaba.

Al niño de seis años, despierto y alegre que era él, trataron de ocultárselo pero en aquella época con los golpes de la muerte, los niños maduraban precoces como los mangos. Y se tornaban agrios antes de tiempo. Su madre lloraba y su tío Gonzalo, hermano menor del padre, juraba venganza. El niño rezaba a Jesús para que la verdad no fuera verdad. Luego aprendió que lo que había sucedido no podía cambiarse, sobre todo cuando era malo.

Me había prometido que se alejaría de tanta sangre y nos marcharíamos a la tierra de sus abuelos, repetía su madre mientras movía las cuentas del rosario negro y gastado de madera. La justicia la haremos nosotros, Libertad o Muerte —dijo tío Gonzalo. El niño dejó de rezar convencido de que no cambiaría las cosas. Y esa noche comenzó el aprendizaje del odio.

Le quisieron prohibir que se acercara al ataúd. Pero el niño se desasió de los brazos piadosos y contempló a través del cristal la imagen de su padre que guardó para siempre: el rostro amoratado y el ojo derecho vaciado de un balazo.

En el velorio había pocos amigos y algunos policías. En los policías había cierto sentimiento de vergüenza, no eran policías de muerte sino viejos cansados en espera de jubilación o jóvenes sin empleo alquilados al sueldo mensual y comida caliente. En todo caso los asesinos se abstenían de concurrir a los velorios para no reblandecer su ánimo entregado a la defensa de la patria. Un policía —vestido de paisano pero indiscutiblemente policía— ofreció al niño un caramelo de piña. El niño extendió la mano, la cerró en garra, tiró el caramelo al suelo y lo trituró con los pies. Cuando mejor se aprende a odiar es de niño. Y nunca se olvida ni cuando se encuentra el amor.

Luego llegó el padre Boza, el rostro lívido, la ropa raída, la expresión de santo en el infierno. Rezó un responso. La madre se arrodilló junto al sacerdote. El niño se negó a arrodillarse.

El médico forense, aunque muerto de miedo, tuvo el valor de hacer constar en el certificado que en el cuerpo había señales de tortura. Siempre practicadas por desconocidos.

La madre envió cartas al Cardenal, al Nuncio y al embajador de los Estados Unidos. Ver en silencio un crimen es cometerlo, decía citando al Apóstol.

Al padre lo enterraron en el panteón del Centro Asturiano. El abuelo había venido de Asturias en alpargatas a los trece años y medio y había trabajado como un niño esclavo. Allá en la aldea decían que había tenido suerte. La mitad de los niños de la aldea murieron de leche de vacas tuberculosas en aquellos años en que la sanidad era cara para los pobres en España.

Tres meses más tarde de asesinado el padre, triunfó la Revolución. Y con ella la esperanza. No habría más sangre entre cubanos.

El Comandante en Jefe entró en La Habana con una paloma blanca al hombro, la paloma fue fotografiada y la fotografía recorrió en júbilo el mundo de habla española. Fidel cumplirá el legado inconcluso de Martí, dijo tío Gonzalo. Martí te lo prometió y Fidel te lo cumplió, añadió el destacado poeta Presidente de la Unión de escritores.

3

Había cumplido los siete años cuando lo llevaron a Palacio. La madre lo había vestido con el traje verde olivo del Ejército Rebelde. Mientras esperaban en la antesala del Consejo de Ministros, el niño observaba a los compañeros de su padre que vivieron para disfrutar el triunfo. Uniforme como el suyo pero con barbas, civiles en mangas de camisa o guayaberas —algunos de éstos se acercaban a cambiar algunas palabras con su madre que el niño entendía a medias pero que se daba cuenta de que expresaban un respeto profundo por su padre— algunos abrazaban al niño y éste aprendió a distinguir los abrazos del alma de los abrazos de reglamento. Su padre era un ejemplo para todos los que amaban a la patria.

El niño y la madre entraron al despacho del héroe. Este extendió una mano cálida a la viuda del compañero. ¿Necesitan algo? La madre negó con la cabeza. Sólo necesitaba a su marido y estaba muerto.

El héroe pasó su mano fuerte y a la vez fina, sobre los rizos negros de Hernán y éste sintió que el Comandante estaba contento de verlo y triste de recordar a su padre.

— Será como él.

— Como él no —murmuró la madre— por favor.

Volvió a pasarle la mano fuerte, fina y cariñosa por la cabeza y musitó en voz lenta y suave: — Pero él será feliz. Los niños nacen para ser felices —como dice la compañera Haydée.

Abrazó con ternura al niño y Hernán sintió un gran amor por el héroe bueno. Y como el niño sentía el pueblo de Cuba en su mayor parte. Fidel tenía un lado tierno y sincero y en este instante el Comandante en Jefe dejaba que lo manifestara libremente.

A María Caridad, la madre, se le aguaron los ojos cuando el Líder de la Revolución apretó a los dos contra su uniforme.

Hernán no lo olvidó nunca. Y ahora, mientras remaba para alejarse, aquellos recuerdos se le hincaban como corona de espinas. ¿Por qué el Poder intoxica al héroe? ¿Por qué?

4

Remaba con la energía del que ha tenido la muerte al lado desde hace años y ha aprendido más a odiarla que a temerla. Si uno odia lo que es debido, pierde el miedo. El odio se convierte en energía para vivir.

Después del amanecer eran mayores las posibilidades de que lo alcanzara en el Mar Caribe una lancha patrullera de las construidas en el Mar Negro, dique de Sebastopol. Algunos balseros terminaban muertos y otros presos. Últimamente las lanchas militares mataban mucho menos, no tanto por compasión como por la crisis económica: había instrucciones del Estado Mayor de ahorrar proyectiles. En las vacas gordas se disparaban hasta misiles para detener lanchas de miserables que huían al Norte. Si alcanzaban a una embarcación de apóstatas no sobrevivían ni hombres, ni mujeres ni niños. Los misiles soviéticos eran, sin duda alguna, de mejor calidad que las cocinas. Sobre este particular había unanimidad entre los cubanos.

5

El mundo moderno no se concibe sin la existencia de las estadísticas que, algún día desplazarán al horóscopo. El 30% de los que tratan de atravesar el Muro Líquido, tienen éxito en el empeño —según se dice. Otros, entre ellos el Servicio de Guardacostas, calculan que únicamente la cuarta parte lo logra. Lo cierto es que, con exactitud, no lo sabe nadie. Muchos desaparecen sin dejar rastro.

En línea recta sobre la carta geográfica son únicamente noventa y dos millas del punto más cercano hasta Cayo Hueso, ese cayo de la Florida que, proféticamente, fue primeramente poseído por un capitán español avecindado en La Habana, el cual vendió luego el cayo entero a un yanqui por esta predisposición que tienen los hombres de armas, sobre todo si hablan español, a hacer malos negocios. En la realidad la distancia es indefinida, sobre todo si la Corriente del Golfo juega con el bote y nadie lo rescata. Hay supervivientes que confiesan haber pasado doce días dando vueltas al mar y al fin fueron rescatados porque un barco de carga se cruzó en su camino no lejos de la ruta de Colón. Otras balsas, de tabla y neumáticos viejos, derivan hacia el este y no son encontradas nunca. Alguna vez se encuentra un bote abandonado sin mástil y sin remos con indicios de que hubo ser humano.

Trescientos murieron en veintisiete años de heroicos esfuerzos para cruzar la Muralla o Muro de Berlín. El Muro Líquido del Caribe ha tenido menos atención mundial. Más de mil quinientos cubanos han desaparecido tratando de cruzar el estrecho de la Florida. Bien es verdad que no son europeos y que muchos tampoco son blancos. Sin olvidar que ser cubano de los que se van, está bastante mal visto —pensaba Hernán—. ¿Quién os mandó nacer en el Caribe?, que engendrados en la Comunidad Europea seríais héroes y hasta condecorados por la OTAN. No falta quien opina que los desaprensivos cubanos, de ambos sexos y todas las edades, se lanzan al mar para favorecer con mala leche de coco a los medios de comunicación de la burguesía internacional siempre necesitada de noticias para vender periódicos en estos tiempos de televisión. Allá cada cual con su conciencia. Los juicios sobre la conducta de los cubanos quedan para aquellos que están acomodados en tierra, rascándose, honorablemente, los caribes. Cuando uno está en el mar, no hay más que mover los remos cuando se puede, y confiar en que el mar se acabe. Y si no se acaba el mar, también es verdad que se acaba la vida, en cuyo caso la preocupación pierde prioridad. Lo mejor, concluyó Hernán, era negar el desasosiego. A ver si terminaba por cansarse.

6

Si Dámaso lo hubiera acompañado serían cuatro remos para impulsar el bote y un amigo para matar la tristeza. Pero no podía quejarse, esa es la verdad, tenía bote y no balsa de tablas y neumáticos como la mayoría. Un hombre con un bote en Cuba es como un capitalista con yate en la Riviera francesa. El privilegio de poder viajar cien millas. Cuando el viento fuera propicio enarbolaría la vela de saco de arroz que era el jet del estrecho de la Florida. Remar, remar y olvidar. Colón cuando viajaba en dirección contraria lo tenía más seguro, los indios taínos no tenían misiles.

Notó cerca de la embarcación la estela de un pez grande. Tiburón, hijo de tiburona, sigue, sigue, que ya el Instituto de la Pesca te hará bacalao para las Navidades de Julio. El aceite parece que rebaja el colesterol. A ver si me encuentro algún manatí, de ésos que el Gran Almirante, por lo de los ojos y las tetas sobresaliendo del agua, confundió con voluptuosas sirenas. Le vendieron una pareja de manatíes a un zoológico de la Comunidad Europea, pero en cautividad no hacen eso. Colón se creyó que podría llevarle una sirena a Fernando el Católico pero no hubo suerte. Tiburón cuántos bacalaos se cometen en tu nombre. Y si no hay sirenas, quedan los dioses de tres culturas del Caribe: Atabey, el indio. Y Changó, Ochún, Yemayá, Babalú, Ogún, Elegguá: dioses que, bajo el vergajo, cruzaron el Atlántico en barcos negreros y ayudaron al pueblo a resistir el bocabajo con el toque de santo. Y el crucificado siempre. Y la Caridad del Cobre, la que salvó hace siglos a tres cubanos perdidos en un bote en el mar Caribe. Y de los tres, sólo el negrito sabía rezar. Yo no sé rezar porque rezar es un hábito de la burguesía —según me enseñaron en la Unión de Pioneros. Pero sé rezar con los remos hasta que se me rompan las manos y después también.

*

Ya era el sol caribe. La Isla era un recuerdo en la distancia. El mar ya no era verde claro sino azul oscuro con crestas de espuma blanca. Había comenzado a soplar una brisa ligera; izó la tela de saco.

Dámaso había ayudado a empujar el bote hacia el mar sobre la arena fría de la madrugada, le dió un abrazo. Volveremos, le había contestado con una sonrisa en la que ninguno de los dos creía.

Dámaso era ebanista de profesión; él era profesor expulsado de su cátedra por bajo nivel de conciencia ideológica, y trabajador temporero de la industria turística. Dámaso era de la provincia de Oriente; y él de La Habana; Dámaso era biznieto de yorubas del Níger y él era nieto de asturianos del Sella. Dámaso y él eran hermanos de sangre. A él le había asesinado al padre la dictadura precursora; y a Dámaso le había fusilado al padre, la patria presente de todos los cubanos. Los niños nacen para ser felices. Desde niños los dos aprendieron a odiar antes que a leer.

Se hicieron amigos en la escuela explorando la Sierra de Anafe, las Escaleras de Jaruco, las lomas de Jibacoa que tanto amaba el padre de Hernán, la cueva del Indio, amando la tierra propia que habían ensangrentado los hombres. Para la maestra eran el hijo del mártir de la revolución y el hijo del esbirro fusilado. El pobre, no tiene la culpa, repetía a los funcionarios del ministerio de Educación —creyendo unos y otros que el niño Dámaso no tenía oídos. El niño creció convencido de que tenía lepra. Y de que si había cura, él no estaba entre los que podían curarse. La culpa la tenía su padre que se dejó fusilar en vez de escaparse con los blancos para Miami.

Sin Dámaso no estaría ahora en el bote. Fue Dámaso quien reparó la embarcación de tablas podridas; de un saco de arroz Saigón producto de nuestros hermanos vietnamitas, supo hacer una vela aceptable. Hernán robó los remos al Instituto de la Pesca, todos los remos son propiedad del Estado, y la posesión de uno con carácter privado es robo manifiesto, cuanto más cuatro de ellos, dos estaban rotos y Dámaso los dejó mejor que nuevos. Pero cuando Dámaso decía no, era no. No seas tonto, negro, nos vamos los dos, lo planeamos los dos, lo soñamos juntos los dos. Nuestra mierda apesta, pero es nuestra mierda, respondió Dámaso. Y le entregó un caracol de mar de colores vivos, que había pertenecido a su abuelo, babalao de Palma Soriano, y una cruz de caoba. La cruz te la manda mi madre.

El bote seguía deslizándose con lentitud en el mar y Dámaso se retiró, los pantalones mojados hasta el muslo. Desde la playa decía adiós con la mano, él no lo veía pero adivinaba al amigo. Tomó los remos con esperanza, desolación y furia. Y remó hasta matar, de puro cansancio, la tristeza. Dios hizo el cansancio para que nos olvidáramos de esta vida.

7

Uno no escoge las memorias sino que las memorias lo escogen a uno y golpean la puerta hasta que les abrimos. Un día son tristes y otro vienen alegres como para que les perdonemos el día anterior. No sabemos en realidad qué son. Y son más que nosotros. En la soledad del mar, las memorias son más intensas y si duelen, duelen más.

Salía del Palacio Presidencial a la diestra del Comandante en Jefe. Seguían ocho escoltas de barba y fusil automático y su madre que caminaba inmersa en sus propias memorias. El niño era feliz. Orgulloso y seguro. Era el primer día feliz desde el asesinato de su padre. El Comandante era ahora su padre y el padre de todos los cubanos.

El Palacio era un animal insaciable de gusto cruel. Parecía un inmenso e indigesto pastel de boda construido por un arquitecto decadente de la burguesía.

El niño escuchó las notas del himno de Bayamo. La letra podría parecer ingenuamente romántica a un observador de la burguesía moderna y consumista, pero para Hernán, el verso "morir por la patria es vivir" tenía la certeza y el valor de su padre. Por un momento el niño creyó que el canto que sonaba muy triste era un homenaje a su padre y a los mártires de la Revolución.

Era el primer invierno de los fusilados, que sucedió al último invierno de los asesinados en la cuneta. Eran niños y mujeres los que cantaban frente a Palacio. Una joven aindiada de ojos profundos, rasgados, melancólicos y trenza larga y azabache era la que cantaba más alto y al frente; los demás parecían cantar con miedo a que les hicieran algo. Tenían la mirada del que está acostumbrado a esperar lo peor de la vida.

La mayor parte eran negros y mulatos, los niños eran pequeños, las mujeres jóvenes, no parecían pertenecer a la Revolución porque sus semblantes estaban demasiado tristes, con esa tristeza que tienen los perros abandonados en las tardes de lluvia.

Junto a la joven que cantaba más alto, había una niña, de ojos negros interrogantes cargados de terror. Hernán la miró, sería de su misma edad o más bien algo mayor, sí debía ser algo mayor, contempló sus trenzas negras, su cara ovalada, el color moreno de india de Oriente, resultado de la mezcla de las tres razas; y sus ojos, otra vez sus ojos que ahora estaban clavados en él y habían dejado de revelar miedo para expresar odio acompañado de desprecio. Hubiera querido ser hombre con poder, mucho poder, para ayudar a la niña, apagar su dolor y sobre todo su desdén. Sintió que todo el desprecio iba dirigido a él y que la niña le daba de machetazos con esos ojos inmensos y que era mejor desaparecer que sufrir aquella mirada donde luchaban el odio y el dolor. Pensó en cuáles habrían sido los sentimientos de él si hubiera visto a los enemigos de su padre tres días antes de que lo mataran. ¿Y qué hubiera hecho él?. Estaba seguro de que no se hubiera limitado a cantar el himno nacional tan triste, tan profético, tan imposible de olvidar en este instante como lo fue el día en que contempló el cadáver de su padre, el rostro amoratado. Y volvió a experimentar aquel dolor en la boca del estómago y en las sienes y bajo los ojos que no lloraban y luego el odio y toda aquella noche que una y otra vez volvía a estrangular su vida. Y ahora esta pena que sufría esta niña y no le importaba que fuera la hija de un esbirro con toda seguridad —la Revolución sólo mataba esbirros, lo había oído por la tele— y morir por la patria es vivir pero eso era cierto de su padre y de sus compañeros muertos en la lucha clandestina y de los héroes de la Sierra Maestra que hicieron huir al chacal de Kuquine, no era verdad cuando se refería a asesinos como seguramente lo era el padre de esta niña, y el padre era asesino pero la hija sufría igual que él había sufrido, tal vez más porque tenía la esperanza de que cantar el himno nacional frente al Comandante en Jefe podría hacer cambiar las cosas que ningún cubano era tan bueno como el Comandante en Jefe, y la niña sufría porque no sabía si su padre sería fusilado en La Cabaña o no. Y la niña dejó de mirarlo y comenzó a mirar al Comandante en Jefe y Hernán pensó si el Comandante sentiría por un segundo lo mismo que él sentía y concluyó pensando que sí. Y por un momento pensó, no no quiso pensar más, estaba acostumbrado a pensar una cosa y que luego viniera otra y no pensar era mejor.

Y cuando entonaban:

En cadenas vivir,
es vivir en oprobio
y afrenta sumidos

el niño escuchó la voz airada del Comandante que gritaba: — No provoquen al pueblo. No provoquen al pueblo —repitió gesticulando hacia el coro— que el pueblo puede lanzarse a hacer justicia por su propia mano, sin perdonar a nadie. No provoquen al pueblo.

Hernán escuchó a uno de los escoltas musitar: — Ya están jodiendo los hijos y mujeres de los esbirros, ¿por qué no cantaban el himno cuando asesinaban a los nuestros en las estaciones de policía? El niño nunca había visto al Comandante en Jefe tan airado y no entendía del todo por qué tenía que increpar a niños como él pero más indefensos y tristes, hubieran sido o no sus padres hijos de puta. Sintió un malestar inmenso. Quizá estaba entre los niños llorosos el hijo del que matara a su padre, al que habrían de fusilar, pero por qué asustar más aún a los niños, por qué era todo así, por qué.

— Mamá ¿el Comandante es malo, ahora? La madre pareció vacilar un segundo. — No, hijo, no es malo, era buen amigo de tu padre. La vida es mala. A veces.

Hernán no quiso volver nunca más a Palacio. Años más tarde pensó en varias ocasiones si Dámaso habría sido uno de aquellos niños tristes que cantaban el himno frente al Palacio del Gobierno. Nunca se lo preguntó.

8

Tomó un sorbo de agua de la garrafa de plástico, tenía provisión de agua para siete días, nueve con ahorro, quizá hasta diez, el viaje no podía durar más. Había alcanzado un ritmo casi agradable con los remos; llegaría venciendo al mar y a las lanchas, a los tiburones y al hambre y al miedo y al futuro, no podía ser de otra manera. Las cosas mejoran cuando uno está decidido a resistirlo todo, así le decía su abuelo por quien le habían dado el nombre. El abuelo había vencido tiempos duros: tuberculoso a los catorce años sin familia en Cuba y sin empleo, sin otro capital que cuarenta pesos ahorrados y el recibo de la quinta Covadonga del Centro Asturiano. A esta Isla no la hicieron los conquistadores sino los emigrantes y los esclavos —pensaba Hernán. Sol y palmeras, trabajo y bongó. Y la Isla de Corcho que no podía hundirse ni aunque todo el mundo, sus hijos inclusive, tratara de hacerlo.

La ola inundó el interior del minibote. Achicó el agua con una lata de carne soviética oxidada empacada en la cooperativa de Jarkov, Anastas Mikoyan. En el cielo azul y sol, unas aves marinas de alas extendidas, parecen rabihorcados, nietas de las que recibieron a Colón llevando pedazos de Cuba en el pico. Un agitar de alas, unos graznidos secos, desciende en picado y emerge con un pez en la boca, las otras tratan de arrebatárselo, combate aéreo. Hay que sacar toda el agua del bote antes de que venga otra ola, paciencia, acción, y venceremos, treinta y cuatro años de venceremos, si vencemos.

Arrojó al mar toda el agua y no vinieron más olas que saltaran por la borda. Satisfecho de su trabajo, agradeció al mar la colaboración prestada, orinando fuera de borda. El bote se balanceó. Recuperó el equilibrio. Su abuelo estaría orgulloso. Era una familia dura que había resistido siglos de penalidades en las montañas de Asturias. Y aquí estaba él, luchando en el Mar Caribe, donde la vida era tan agradable según las crónicas. Ninguna familia española emigraba a América a joderse, pero luego encontraba plenitud de oportunidades para ello.

Emburria, Hernán —decía la voz del abuelo— mientras remaba en el Golfo.

9

Enseñar la historia de la patria había sido —desde niño— su pasión. Su padre era uno de los mártires y la historia de Cuba era obra de muchos mártires y de algunos sinvergüenzas. Cuando ocupó la cátedra en la Universidad de La Habana sintió que había empezado la misión de su vida. La juventud se educa estudiando el ejemplo de los mártires. Así triunfó de los emperadores, el cristianismo, y así triunfaría la sociedad futura de todos los obstáculos. Una sociedad de amor a la que los mártires librarían de la necesidad de más mártires. El primer mártir de la Isla había sido el refugiado de Quisqueya, el indio Hatuey, que se negó a ir al cielo si en él había españoles. Murió inconfeso en la hoguera porque en aquella época no se estilaba el pelotón de fusilamiento. Sus sucesores mueren bajo las balas frente a los muros de la Cabaña, que Carlos III mandó construir con mejores propósitos.

Hernán tenía muchas reservas sobre la forma en que la revolución de la libertad se había convertido en la libertad del aparato, pero echaba las dudas a un lado pensando que el pueblo siempre lo había sobrevivido todo con su alegría natural y su capacidad para hacer patria del infierno. El sol, el mar, las palmeras reales, las playas, las brisas, el verde, la sonrisa de la mujer cubana seguían ahí. El sarampión de la estepa no vencería a la caña dulce. Hay hermanos muchísimo que hacer, dijo aquel gran poeta mitad quechua, mitad español que murió mitad de tuberculosis y mitad de tristeza.

Después de varios años de enseñar historia, terminó de aprenderla en la calle y en el corazón. Y la de la tierra más fermosa ha sido trágica. Sin dejar de ser increíblemente grotesca en las dos dictaduras. Después de los huracanes, el pueblo siempre se lanzaba a reconstruir el bohío sin miedo. Sísifo era siboney.

Colón cuando llegó a Cuba escribió que era Cipango, nombre de la época para Japón. Lo único que hizo dudar al Almirante era que las geishas que lo recibieron en la playa de Bariay estaban en cueros. Y en vez de té verde ofrecían masato de yuca fermentada.

La esperanza de Hernán era que Colón, descontando los excesos imaginativos, fuera profeta: Al menos Cipango se había reconstruido y mejorado, después de la catástrofe. Pensó que únicamente hacía falta que Fidel tuviera la generosidad del emperador Hirohito: Reconocer que no era de naturaleza divina.

10

Cuando lo expulsaron de la Universidad por baja conciencia ideológica y deformación docente, Hernán pasó dos años y seis meses entre la cárcel y un campo de rehabilitación de la provincia de Camagüey a fin de que mejorara su pensamiento. Salió más desmejorado que nunca.

Y se dio a la tarea siniestra y urgente de encontrar empleo. El carnet laboral, exigido a todos los siboneyes, es el equivalente revolucionario del expediente de limpieza de sangre en los tiempos de la Inquisición de Indias. Era asombroso, al par que deprime, el comprobar cuanto cambiaban los nombres y cuán poco las realidades subyacentes a lo largo de los siglos —pensaba Hernán— consciente de su condición de judío ideológico, dos siglos después del eclipse de la Santa Inquisición.

— Lo siento pero usted comprenderá...

— No tenemos ninguna posición adecuada...

— Llene esta planilla; tal vez de aquí a dos años haya algo, nunca se sabe...

— Cuando tengamos un trabajo en el que no haga falta conciencia ideológica...

Por un momento Hernán pensó con esperanza en una posición de limpiabotas, pero luego recordó aterrado que en la Ofensiva Revolucionaria de 1967, que anunciara con gran estusiasmo la prensa, los trabajadores del betún y el cepillo habían sido depurados de elementos burgueses.

En la información oficial recogida en la destacada revista Bohemia se consignaba que los sillones de limpiabotas y los puestos de fritas eran bastiones del capitalismo. Acompañaba a la información, una fotografía de los bastiones.

Hernán se cansó de perseguir empleo como si se tratara del gordo de la lotería. Reconoció que sus posibilidades eran más bajas, pues al fin y al cabo el gordo de la lotería hay obligación de dárselo a alguien alguna vez.

Fue a ver a algunos amigos y se encontró con que nunca estaban en casa ni en ninguna otra parte. Por la calle vio a algunos cambiar de acera para mantener su pureza ideológica y librarse de toda sospecha de contubernio herético. Si usaba el teléfono la respuesta invariable era: — Salió y no dejó recado.

Su único alivio era la lectura por el día y por las noches sentarse en el muro del Malecón habanero espantando el calor con la brisa del mar. El mar era por entonces benéfico, vigorizante y maravilloso, salpicaba el muro en olas de juego que no de amenaza. Si me dejaran tener un bote me pasaría los días enteros en el mar y sería feliz.

Después de ocho meses en la ruta jacobea del desempleado, rogó el favor de trabajar a un compañero de su padre en la clandestinidad. Rogelio Ruipérez era administrador de dos hoteles de lujo en la playa de Varadero. Hace años solía decir que el padre de Hernán le había salvado la vida. De entrada, le confesó a Rogelio que estaba clasificado como sujeto de bajo nivel ideológico para evitarle acudir a las referencias del ominoso carnet laboral. Rogelio palideció como se espera de todo funcionario responsable, preocupado no por el bajo nivel de nadie sino por el tenebroso efecto que en su carrera podría tener el contratar a una "lacra ideológica". Al final habló con un dejo de tristeza: — Tu padre —si el mártir hubiera sido yo— habría hecho lo mismo por mi hijo. Y una cosa —titubeó— ¿El qué? —preguntó Hernán.

—No digas a ningún turista que el Gobierno Revolucionario es una mierda...

Para Hernán entrar en el apartheid turístico era como viajar a un país distinto dentro de la Isla. Por fin comprendió en toda su significación la consigna oficial: Crearemos al hombre nuevo.

El trabajo en la playa le hizo recordar a la primera mujer que —como dicen los culebrones— poseyó sobre las arenas ardientes del Caribe. Sor Macorina, dedicada a la enseñanza de niñas de buena familia antes de la Revolución y a la limpieza de ancianos después, había tomado conciencia y, luego de escuchar un vibrante discurso del Comandante en Jefe, abandonado las tocas monjiles (más culebrón y cuplé madrileño) para incorporarse a las Milicias Revolucionarias a fin de detener la periódicamente anunciada invasión de los marines. El hábito de la sacra orden fue sustituido por el uniforme verde olivo al que la compañera Macorina añadió una graciosa boina guerrillera inclinada coquetonamente sobre la ceja izquierda de buen trazo natural y una metralleta checa Skoda con tres peines que esgrimía con bélico entusiasmo y devota conciencia de clase.

Realzadas sus formas, por tanto tiempo inéditas, con el uniforme una o dos tallas menor que su cuerpo, Macorina se paseaba, nalga en alto fiel, por las trincheras, presta a detener la agresión imperialista. Por las noches —descartado el reglamento de la Orden que la obligaba a darse la ducha con ropa interior— Sor Macorina se bañaba en moderno bikini de tela cantonesa estampada, lo que estimulaba la guardia en alto de los compañeros de milicia.

Después de once días en las trincheras de la playa de Guanabo sin que los invasores yanquis, tan poco de fiar, dieran señales de vida, Sor Macorina, determinada a hacer algo por el proceso revolucionario, se entregó con devoción de Patria o Muerte, al joven miliciano que comandaba su pelotón. El teniente Hernán comprobó (no sin cierto asombro) que la prolongada virginidad de la exclaustrada había permitido que el vestíbulo de su sexo apareciera cubierto de telas de araña.

11

Vivian S. Hightower era catedrática de español y lenguas romances en uno de los más prestigiosos colleges del Oeste Medio de los Estados Unidos. A pesar de su relativa juventud, Vivian era ya full professor y un valor reconocido en la enseñanza del subjuntivo. Su nombre figuraba en todos los programas de las convenciones de profesores de lenguas extranjeras de costa a costa. La tesis de Vivian para su Ph.D., presentada en mundialmente famosa universidad de la Nueva Inglaterrra, se tituló: Usos y abusos del subjuntivo entre los mariscadores de la ría de Arosa, y había merecido los honores de high distinction y la publicación en castellano y en inglés por una eminente casa editorial de Boston. En su Faculty Data del corriente año Vivian había informado al decano de que la Xunta estaba considerando la publicación de su tesis en gallego. Aparte de todo eso, Vivian tenía un buen cuerpo.

Para el mes de enero tuvo lugar un acontecimiento de total importancia: una convención de profesores de español de habla inglesa en la Playa Azul de Varadero. Una bonanza subjuntiva que llenaría las habitaciones libres del hotel que perteneciera al padrino de la Cosa Nostra en época pretérita. El viernes comenzaron a llegar en tropicales y multicolores atuendos las primeras avanzadas del malevaje académico. Hernán tuvo la seguridad de que su vida experimentaría un cambio cualitativo.

La guapa catedrática movía impaciente el pie enfundado en tropical sandalia de fibra de coco, al final de la larga cola que frente a la mesa de recepción formaba la cofradía de los hermanos del pretérito imperfecto.

— Qué lento va esto, si serán contrarrevolucionarios...
—exclamó la catedrática mirando con desprecio a los trabajadores socialistas de la industria turística.

El la miró con reproche, que a ella se le antojó conciencia herida de clase, y ruborizada, dijo, usted perdone, compañero. El sonrió solidario y una corriente de simpatía químico-dialéctica los aisló de la facultad de lenguas.

Por la tarde se encontraron bajo los cocoteros de la Playa Azul. Hacía mal tiempo y los turistas filólogos habían decidido quedarse en la piscina de construcción burguesa rehuyendo la amenaza de las olas caribes.

— Nos está prohibido confraternizar con los turistas de nuestro hotel —insinuó Hernán con timidez de trabajador bajo la sociedad sin clases.

Una encantadora sonrisa picaresca iluminó el rostro atractivo de la turista solitaria. — ¿Y usted qué hace?

— Salgo con las turistas de otros hoteles. Algunas veces la Policía Revolucionaria espanta a los nativos, pero el cubano es hombre de muchos recursos y así vamos viviendo. Hay un dicho popular que refleja la situación: A mí me matan pero yo gozo.

Vivian quiso demostrar su reprobación dialéctica por lo que interpretó como falta de respeto a la Policía Revolucionaria —tan distinta a los organismos represivos de la sociedad burguesa— pero una aviesa combinación hormonal la obligó a sonreír en contra de la ideología. Para reponer el equilibrio de su conciencia, dijo con orgullo: — Yo también corro mis riesgos, no vayas a creer. Estoy en Cuba desafiando a la Secretaría de Estado. Me fui a Canadá y tu consulado en Ottawa me otorgó la **visa de la dignidad** en una hoja suelta. Cuando regrese a U.S.A. mi pasaporte estará virgen de visitas a un país rojo.

— Pero como catedrática puedes venir, la prohibición yanqui no reza con académicos. Y el subjuntivo de los ñáñigos también es subjuntivo. No va a ser todo para los mariscadores gallegos.

— No seas tonto, venir con permiso del State Department sería quitarme la excitación. Yo también quiero darle un golpe a Washington.

Vivian hablaba con fulgor de masas en la mirada y Hernán comprendió que para ella venir sin permiso de Clinton era como participar en el segundo desembarco del Gramma.

— Eres muy valiente, chica. Te has arriesgado por la Revolución.

— Lo menos que podemos hacer para demostrarle a tu pueblo que repudiamos las acciones del imperialismo. A ratos me avergüenzo de mis compatriotas, esos cómodos maricones del dólar. En cambio en esta Isla por todas partes se respira el entusiasmo revolucionario de un pueblo. Una lo vive. Como se vive el mar y el sol y las palmeras.

*

— He visto el futuro y me enloquece. Este país es una maaraavilla.

Vivian sorbía un mojito con ron blanco y yerbabuena en la terraza del bar Federico Engels. Afuera, en la playa azul, gozaban el sol caribe cuerpos enrojecidos al trópico de la Comunidad Europea, Canadá y dos niponas sin kimono y en bikini floreado de peonías. En la calle un grupo de nativas esperanzadas aguardaban la invitación de algún turista burgués hormonalmente apremiado. En el interín, las ninfas leninistas bromeaban con un policía del pueblo que buscaba el modo de coleccionar algunos billetes con el busto de Lincoln, libertador de los esclavos, o en su defecto procesal aspiraba a recorrer sin gasto de divisas, el refrescante paisaje femenino que sólo se vendía por dólares, marcos o francos. Tres músicos, maracas, guitarra y bongó, entonaban con revolucionario celo "La última noche que pasé contigo".

El tomaba una cerveza de arroz de la tierra —privada del exquisito lúpulo de Bohemia por la contrarrevolución checa— y un coctel de camarones de la granja piscícola Victoria de Playa Girón. En mesas vecinas, turistas de vientre adiposo se codeaban con putas de plusvalía en las caderas y hasta algún chulo de vanguardia.

— Me encanta el público, se respira el espíritu revolucionario hasta por los poros ¿no te parece?

— Ya, ya.

— A ratos me parece que eres desabrido de nacimiento, pero también pudiera ser que te hayas acostumbrado tanto al entusiasmo de la Revolución que ya ni lo sientes.

— Eso.

— Te tengo una sorpresa, para la tarde he alquilado un bote para los dos de la cooperativa playera Rosa Luxemburgo. Dicen que son los mejores, construidos en Alemania.

— ¿Cuál de ellas?

— La Democrática, chico, ¿cuál va a ser?

— Ya, ya.

— Es increíble lo que este pueblo aprecia la solidaridad internacional de las naciones del mundo. Nunca olvidaré esta visita. La gente en la calle me sigue como si fuera una diosa.

— Ya, ya.

—Y como me sigas contestando con monosílabos, no hay bote. Invito al policía del hotel que me ha guiñado el ojo esta mañana.

—Invítalo, no prueba mujer ni en días de abstinencia.

—Mentira: no se puede ser revolucionario y maricón, es cuestión ya resuelta. Escucha los discursos.

—Dentro de la Revolución: todo. Fuera de la Revolución: nada. Si hasta parece una frase de Santa Teresa. Pero en realidad es de Benito Mussolini con adaptación tropical: consulta sus Obras Completas.

La orquesta guajira Aires del Don, que aún no había cambiado el nombre en espera de la caída de Yeltsin, entonaba con fervor el pegajoso ritmo afrocubano de Mc lo dijo Adela.

—¿Bailamos, desaborido?

El oprimió la cintura cimbreante de Vivian en traje de baño, mientras le aplicaba el abrazo del majá de los campos de Cuba. El bajo vientre cubano quintuplicó el flujo sanguíneo en gesto de solidaridad hormonal con las caderas made in USA. Venceríamos.

12

Me encanta tu Revolución. Esto es vida y no lo de allá: vegetar enseñando el subjuntivo a jóvenes a los que les importa un carajo.

— ¿Y por qué lo estudian?

— Necesitan el diploma de graduación para pertenecer a las mesnadas de ciudadanos respetables y pagables. Y si no ¿a quién el gobierno iba a cobrar impuestos?

— Eres una cínica, Vivian querida.

— El sistema capitalista desarrolla la virtud implacable del cínico. Diógenes era un homeless.

Hernán temía que el diálogo histórico-filosófico desarticulara el romance y desvió el tema. — ¿Y no enseñas también literatura?

— Enseño la Celestina, oficio enteramente incomprensible en mi país. Al Quijote lo pasan un poco más porque se acuerdan de una ensalada musical que produjo Broadway con gran éxito de taquilla, y la música de Cervantes es muy pegajosa —como me dijo un estudiante el mes pasado. La doña Inés del Don Juan les parece una mema que vacila en tirarse al hombre que le gusta. Unamuno, un enajenado. De Vargas Llosa y García Márquez se leen los pasajes eróticos. Borges sí gusta mucho, lo entiendan o no, y más aún si no lo entienden. Lorca es sumamente conocido, pero algunos lo tienen por bailarín de flamenco. Calderón —a excepción de "La vida es sueño", que suele impresionarles— les hace reír en las tragedias y Valle Inclán, llorar en las comedias porque no lo entienden.

— Estoy seguro de que exageras, Vivian.

— Hay excepciones pero no se matriculan en mi college. En cambio en tu Cuba bella todo parece posible, lo más extraordinario e inconcebible ocurre todos los días.

— Esa es la pura verdad.

— Comprendo el entusiasmo de Colón, aunque el Gran Almirante me parece algo contrarrevolucionario. Lo que más me seduce es el espíritu de las masas. Aquí las demostraciones reúnen un millón. Los discursos se escuchan con la reverencia con que antes se escuchaba a un profeta montado en un camello a la luz de la luna. Cuando subí a la Sierra Maestra me pareció estar escuchando el Sermón de la Montaña. Y el pueblo aplaude a rabiar, allá chiflan.

— El que chifle aquí tiene que estar chiflado.

— Te estás haciendo cínico de orientación contrarrevolucionaria.

— Contragobierno. Todo gobierno absoluto se torna inevitablemente en contrarrevolucionario. La Unión Soviética que en paz descanse, y nosotros somos el mejor ejemplo. Y es que Cristo y Herodes serán siempre incompatibles.

— Quizá algún día confunda tu escepticismo quedándome aquí para siempre.

— Te haría mucho bien. Aprenderías poco a poco las maravillas del país de Alicia.

— Eres odioso pero me gustas. Olvidemos la disputa y vámonos a tomar un helado.

— Tendrás que comprarlos tú. Los mejores sólo se venden a los turistas.

— No lo creo.

— Por siglos nadie creyó que la tierra era redonda y a pesar de las certezas de todos los sabios, lo era. Y si quieres hacemos la prueba: yo voy y pido dos helados. Verás la cara que me ponen, y lo peor: no me los sirven.

— No quiero helados y además engordan.

Vivian no tenía que preocuparse por su figura, sus curvas eran firmes, desafiantes y delicadamente exquisitas. Tal vez era lo mejor que se había dado en lengua desde que se iniciara en Norteamérica la enseñanza del subjuntivo allá en los tiempos de Jefferson. Si la vida la había castigado con un pretérito imperfecto, el futuro se prometía generoso al menos en los tiempos irregulares.

13

En traje de baño, los hombros ebúrneos de Vivian, salpicados de pecas se le asemejaban una hermosa fuente de arroz con leche, rociada de canela. —Las cosas que le hace pensar a uno la libreta de racionamiento — suspiró Hernán.

Vivian, horra por un instante de dialéctica, se preguntaba si el vocablo bikini sería masculino o femenino en el análisis gramatical de la lengua de Don Quijote, y en segundo término si el tamaño del mismo sería demasiado incitante para la retina de un latino sólo recientemente liberado de las prohibiciones inquisitoriales de la contrasexualidad.

Por su parte, él, con masculino despiste, pensaba que el materialismo histórico de la catedrática podía ser la causa de que la misma no aparentara darse cuenta de que su bikini era, hasta en dos tercios, visiblemente insuficiente para cubrir sus nada despreciables pechos. O por el contrario se daba perfecta cuenta pero debido a preceptos neomorales estaba dispuesta a calificar de sexista a toda hormona masculina que pudiera contribuir al enderezamiento con motivo del paisaje sin reparar en las cualificaciones académicas. Un peligro que se corría con toda mujer preparada en estos tiempos.

El remaba en un bote "Muro de la Dignidad" donado hace siete años por el pueblo libre de Berlín Oriental en noble gesto de solidaridad con el pueblo de Cuba. El pago del alquiler se aceptaba sólo en dólares y Vivian, generosa y decidida al gesto final, lo había alquilado por tres días de guateque en el Golfo. El disfrutaba remando y además el ejercicio intenso le permitía cierto control sobre el sistema glandular insurgente de tendencias sexoimperialistas. El bote era de motor fuera de borda pero lo habían despojado del motor para ahorrar divisas, ahora que los avariciosos hijos del Volga reclamaban el pago de su petróleo y se negaban a que se lo apuntáramos en el hielo como habíamos hecho por treinta años de internacionalismo.

Vivian había resuelto en su mente la controversia gramatical, atribuyéndole finalmente sexo femenino al bikini y así su conciencia quedó libre de volver a la lucha de clases:

— Algo que no podrá arrebataros (Vivian había adquirido el vosotros con el trato de los marisqueros de Arosa) el imperialismo, es la belleza de este mar de turquesas y esmeraldas, este cielo sin nubes, el entusiasmo de las masas...

— Y la solidaridad internacional de tus pechos —Hernán se había arriesgado a ser calificado de sexista.

— Eres un macho chauvinista, carente de la menor seriedad dialéctica, no sé ni por qué te aguanto.

— Es que eso no nos lo quita nadie ni siquiera con el racionamiento. Los fenómenos vitales en el Caribe siguen ahí y seguirán después de que todas las consignas de masas pasen al basurero de la historia de que hablaba el compañero Lenin.

— A veces creo que eres contrarrevolucionario. Si es así, olvídate de llevarme a la cama. Yo, con gusanos no me acuesto.

Vivian se arrojó colérica del bote y echó a nadar estilo mariposa. El la siguió como caballero caribe.

El agua estaba caliente. Relajaba los músculos y creaba una sensación de bienestar que se sentía eterno aunque no fuera a durar. Vivian experimentó una languidez voluptuosa en los muslos. En el cielo azul claro, una pareja de rabihorcados, alas extendidas de dos metros, observaba a la pareja humana con curiosidad de video.

— ¿Aquí habrá tiburones?

— Hace cinco años, a media milla de aquí, un tiburón martillo devoró a un general ruso, libertador de Afganistán, Héroe de la Unión Soviética. Sólo encontraron las medallas.

— Sé que terminarás en un campo de concentración y yo no iré a visitarte, me haría daño con las autoridades y yo quiero volver a Cuba todos los inviernos y algún verano.

Recordó las palabras de Rogelio, el administrador: Si te oyen criticando al Gobierno, el que pagaré seré yo por haberte contratado a pesar de que en tu carnet laboral consta el despido por baja conciencia ideológica. Hizo un esfuerzo que sólo tuvo éxito al concentrarse en las colinas de Vivian y dijo:

— No te preocupes, no soy contrarrevolucionario sino metarrevolucionario. Y el choteo es para el cubano lo que la foca para el esquimal. Sin choteo no hay supervivencia. Ni siquiera los cosacos del Don pudieron hacernos renunciar al choteo. Es verdad que de vez en cuando lo pagamos en la cárcel. El choteo es el arma de un pueblo al que le robaron la alegría.

— Es que tú te ríes de lo mejor que tiene tu país. Ya quisiera yo tener las oportunidades de que, el más pobre de los cubanos disfruta todos los días: A mí los discursos en la Plaza de la Revolución me erizan la piel. En cambio, de mi país qué quieres que te diga. Si yo cada vez que escuchaba a Nancy Reagan recomendar: "simplemente diga NO" me levantaba y encendía un pitillo de marihuana.

— Yo soy de Patria o Muerte, Vivian. Lo que para mí la Patria es algo distinto...

— ¿Qué quieres decir?

— Para qué, no me entenderías. Y terminarías mandándome a... Sólo podrías entender si vivieras aquí por un tiempo largo y como una cubana. En fin, entendámonos.

El sol ilumina el mar traslúcido que semeja una gigantesca pecera de cristal con fondo de arena blanca, fina. Cuando Vivian nada, estilo mariposa, al ritmo de la danza bruja de sus pechos insurgentes, da la impresión de que el mar la está acariciando, y él siente celos del oleaje y la agarra bruscamente por los blancos torneados hombros que brillan al sol y enlaza sus piernas ávidas en las de ella, firmes, tibias, suaves, acariciables, y Vivian entreabre sus labios húmedos, ilumina la mirada de cariño y deseo, se estremece.

La levantó en el mar y la echó en el bote de espaldas. Los rabihorcados miraban con desaprobación. El arroz con leche remataba en dos mamoncillos maduros. Vivian pensó que era la primera vez en su vida que hacía eso con tanto sol.

En la línea de la playa que besaban golosas las azules olas, los pioneros de vanguardia del colectivo local **Burundanga Malinovsky**, uniformados, marciales, sudorosos, entonaban las estrofas de la Internacional bajo los cocoteros frente a la burguesía turística de los pueblos del mundo que en distintos grados de desnudez yacía panza arriba en el talco de la arena. En el bote blanco, que oscilaba al vaivén del Caribe, los nobles versos "cantemos todos unidos" eran ahogados por los maullidos gozosos de la precoz catedrática. El sueño se había hecho realidad, ya no había fronteras: la palmera real penetraba la gruta imperialista.

14

A estas horas Vivian estaría en su clase escribiendo en la pizarra un caso rebelde de la gramática castellana ante estupefactos alumnos para los cuales los esfuerzos del insigne Nebrija en el siglo XV resultaban insanos.

Las manos se le habían despellejado remando, el sol caribe había quemado la piel esperanzado en provocar algún cáncer con futuro. El cáncer es el dictador del organismo: egocéntrico, sacrifica todas las células a su desarrollo. Cáncer o muerte: Venceremos.

Una ola le mojó las espaldas y pegó la camisa con sal a la piel. Las manos se habían acostumbrado al dolor, igual que la patria a los piratas del Caribe.

En los sargazos del mar había pedazos de Cuba que viajaban hasta Dios sabe dónde, extendió un remo y recogió tierra yerba y algas, las colocó en el bote a su lado como un amuleto, la tierra protegería a sus hijos cuando no estuvieran en su tierra.

Y la tierra siempre había terminado como el esclavo Salvador Golomón del siglo XVI: venciendo con su coraje y energía a los piratas. Una capacidad inmensa de sufrir y una capacidad mayor de rebelarse, la Isla de Corcho. Rema.

Tomó los remos con furia serena, la sangre le saltó de los dedos. Después de un rato, no sintió dolor.

15

La biología de los siboneyes terminó por imponerse a la filosofía de la historia. Acordaron una tregua dialéctica. El mar estimulaba la caricia profunda. Los profesores de lengua habían retornado a sus guaridas docentes. La de Vivian era toda para él. Era toda una catedrática en la silla académica y en otro mueble.

A Vivian con la represión del pensamiento político se le intensificaba la libido. Su fantasía erótica adquiría formas poco convencionales.

A raíz de una noche de amor en el trópico, Vivian que se había levantado a tomar agua, regresó al lecho sin otra vestimenta que una Kodak de lujo.

— Quiero que me fotografíes desnuda. Como si fuera esta noche la última vez...

— Vivian, por favor, corta el bolero.

— En vez de maldecirte con justo encono... posaré para la cámara, el rollo es en colores. Después de todo estoy mejor que esas rumberas adiposas del Capri que muestran a los turistas del paquete económico.

— De eso no hay la menor duda.

— Muchos hombres darían mil dólares por ver estas fotos. Con ellas estaré Contigo en la distancia.

El tomó veintidós fotografías en distintas poses, más o menos artísticas.

— Yo misma las revelaré. A mí, ningún hombre que yo no quiera, me ve en cueros. En esto soy estrictamente monógama.

Hernán dejó la cámara sobre una silla. Miró a Vivian en éxtasis. Practicaron de nuevo el subjuntivo horizontal.

— ¿Te gustaré siempre?

— Me temo que sí.

*

Ver la naturaleza como la vio Colón el primer día de ojos europeos en América: "Digo que no es razón de se detener, salvo ir a camino y calar mucha tierra fasta topar en tierra muy provechosa". Vivian alquiló un Ford 1960 de dos tonos con motor solidario soviético en estado razonable. Fue a la agencia nacional de coches para el turismo Patria o Muerte, y, como reza el anuncio, salió complacida, aceptaban Visa, Master Card y American Express: El leninismo con rostro financiero.

— El auto es más viejo que tú.

— Tengo ocho meses más, Hernán, nací en el año de la vuestra Liberación. Querían ponerme Victoria.

— ¿Por el triunfo de nuestra Revolución?

— No, por la reina inglesa, mamá es una reaccionaria. Y además esperaba que si su hija se llamaba Victoria, la seriedad sexual de la familia estaba garantizada cuando yo creciera.

Conducían por la carretera de la costa rumbo al oeste, verde y azul, palmeras y oleaje, playa y tierra roja, el paisaje suave que entonaba el ánimo, el arrullo del mar, me encanta tu Isla, me eeencaanta ¿cómo se puede exilar una de un lugar así?. Todos los cubanos que se han ido tienen que ser anormales o maricones que escapan de la rehabilitación.

— La tierra es como pocas. El problema está en la fauna.

— Tregua.

La besó en la boca. — Me vas a hacer que me salga de la carretera. Y a este Ford lo cobrarán como si fuera nuevo.

Vivian se detuvo a tomar una foto del valle. — Seré la envidia de mis amigas, tan aburridas en este invierno, Amy me escribió que en un día cayeron veintitrés pulgadas de nieve.

Circunvalaron La Habana sin detenerse —¿paramos a la vuelta verdad? —atravesaron Jaimanitas, Santa Fe, El Salado, Baracoa, playas del oeste habanero, viejos refugios de contrabandistas de ron, postales vivas. A lo lejos, hacia la izquierda comenzaron a avistar las suaves ondulaciones de la Sierra de Anafe, pechos de mujer acostada sobre la tierra verde ¿los exploramos? Ahora no, Hernán, por favor.

Un guajiro, sombrero de yarey, rostro enigmático, atezado, arrugas de la cara que parecían tajos de machete, arreaba una yunta de bueyes que tiraban de un carro lleno de maloja, Arre, Grano de Ooooro. Saludó con la mano y ensayó una sonrimueca mientras Vivian captaba su efigie como futuro motivo de conversación en el party que ofrecería a sus colegas de college demasiado tímidas para incurrir en la aventura de ofender al State Department, todo cultivos naturales, tracción animal y humana, no hay humos mefíticos, respeto marxista-leninista a la ecología de los pueblos del mundo.

— Qué remedio, Vivian, maldito parné. El cejihirsuto de la estepa y de los coches de lujo no cobraba el petróleo en dólares sino en cubanos muertos en Africa. Habría que cantarle al compañero Brezhnev: "Tú me acostumbraste a todas esas cosas... ¿porqué no me enseñaste como se vive sin ti?"

— Déjate de profanar ese bolero hermoso. Goza tu isla. A Cuba hay que vivirla.

Llegaron a la playa que Hemingway solía pasear en shorts blancos, visera verde y camisa cubana cuando se aburría de Cojímar. Un bello paisaje, el mar entrando en la tierra en bahía abrigada rodeada de verde, dejaron el Ford junto a la arena, cuidando de que las ruedas pisaran la tierra roja, les extrañó la ausencia de público en tan hermoso día, tan hermosa playa, tan hermosa vida. Vivian corrió hacia el mar dando brinquitos de júbilo y cantando la Guantanamera con acento de la ría de Arosa. Luego cambió a canción militante: Venimos a defender la revolución cubana porque es hermana gemela de la lucha americana. Hernán la siguió y antes de penetrar en el mar penetró en la yanqui revuelta de la patriótica frase. Las normas del realismo socialista precluyen una descripción erodecadente de las aventuras alrededor del cuerpo de Vivian, ese estudio morfológico del presente perfecto.

Harta de educación física, Vivian tomó la Kodak; la playa ondulaba en la amplia, abrigada bahía, olas en colapso se deshacían en blanca espuma que acariciaba la arena, nubes de algodón en rama, palmeras reales de cuerpo esbelto, sabor del trópico, una podría abandonarse y vivir aquí siempre, Eva antes de la expulsión del paraíso, no hay aquí ponzoñosas serpientes que sorprendan la inocencia. Ella se volvió estupefacta e indignada, mordiendo sus graciosos labios; un brazo uniformado de manopeluda y grasienta había agarrado la Kodak con brutalidad propia de la policía capitalista. Otro hombre de uniforme interrogaba a Hernán al par que agitaba una metralleta frente a sus narices con excesivo celo que recordaba a los nazis de la televisión. Vivian, consciente de sus derechos ante la ley, prorrumpió en justificadas quejas. La admiradora del sistema se había convertido en la ciudadana que reclamaba la cámara Kodak y el Bill of Rights. La miraron con la curiosidad que se reserva para el mono del zoológico que reclama una participación en el bocadillo de jamón y queso que consume el espécimen de la humana especie un domingo de asueto. Vivian, con la energía heredada de sus antepasados pioneros (el fundador de la familia había arribado a Norteamérica en el mismísimo Mayflower) alargó la mano para recibir su cámara. A los dos se los llevaron presos.

— Tenía que ser un error —se decía la catedrática de lenguas romances arrinconada en su jaula de cemento provisional y solitaria con cierto mal olor producto de antiguas secreciones de inquilinos precursores. Evidentemente los compañeros de las fuerzas armadas los habían confundido con otra pareja. Luego se asustó pensando que la lengua de cascabel, serpiente ponzoñosa, de Hernán, demoledor del paraíso, era la responsable de que su conciencia revolucionaria estuviera en entredicho con las autoridades, particular que en cuanto a ella se refería sería fácil de aclarar.En todo caso era absurdo que se le encarcelara a ella, tenaz defensora de la Revolución de la Libertad en las mismísimas entrañas del monstruo. Se tranquilizó pensando en las excusas que habrían de darle y solicitó permiso para llamar a Ken, el simpático,servicial y solidario Ken, organizador y cabeza de la convención de lenguas progresistas que desafiaban al State Department reuniéndose en la democracia del Caribe. Hasta rió un poco pensando en la turbación que experimentaría el gorila inculto que la había despojado de la cámara, usted perdone, compañera, no sabe lo que lo siento... está bien, no se preocupe, un error lo tiene cualquiera, patria o muerte, añadiría ella en un gesto de revolucionaria generosidad. Cuando expresó, con la mayor cortesía de que era capaz, en seguridad de ser atendida, su petición de comunicarse con el servicial Ken, la volvieron a mirar con la curiosidad reservada para los primates del zoológico de New York. Cuando algo impaciente, alzó la voz, para reclamar sus derechos a ser considerada inocente hasta probada culpable, el guardia introdujo el AK-47 por entre los barrotes reduciéndola al estupor propio de la burguesía contrarrevolucionaria.

Se sentó en el rugoso cemento que lastimaba su exquisita y sensible piel con ánimo de tirarse en el suelo y llorar en incontenible protesta cívica. Pero no le daría esta satisfacción a estos kabrones. Por primera vez se preguntó si sería verdad alguna de las calumnias que contra los logros del Gobierno Revolucionario solían leerse en la prensa burguesa internacional, desde luego que no, exagerarían sin duda para vender sus libelos, pero aunque sólo fuera cierto la tercera parte de lo que se dice...desde luego que no y además el error se aclararía y ¿dónde estaría Hernán? ¿le habrían hecho firmar algún documento implicándola a ella? Con tanto hombre atractivo que se veía por la calle dondequiera, y haberse ella enredado con un disidente, no, con un gusano, que asegura Ken que en Cuba disidentes de verdad no los hay, con un gusano, ella tenía que ser tan estúpida para que no le gustara un hombre sino un gusano y es que ya lo decía mamá, hija, tú, para los hombres no tienes suerte, yo creo que es cuestión de lo mucho que te has gastado en el estudio, tanto libro tiene que hacer daño, en mi época no estudiábamos pero sabíamos. Y por otra parte es justo reconocer que las debilidades sexuales terminan convirtiéndose en debilidades ideológicas y en esta materia hay que ser implacable y disciplinada como me decía el otro día la compañera Candelaria Redondo de la Federación, la que tenía a su marido en los calabozos de la Cabaña y ella, al parecer, tan contenta con el arreglo ni siquiera se ha divorciado, para qué. Cuerno o Muerte, Venceremos.

Hay que ser leal, pasara lo que pasara, su fe en las promesas del Gobierno Revolucionario no se alteraría en lo más mínimo, esto era una prueba semejante a aquéllas que en épocas oscurantistas —recordó a sus maestras monjas— vencían, o creían vencer los cristianos camino del paraíso, esta idea la tranquilizó mucho. Su confianza pareció recibir su recompensa cuando la llevaron ante un oficial joven que, cortésmente, con un respeto que nunca hubiera mostrado aquel bruto de la cámara, le separó para que se sentara una silla de mimbre ornamentada, sin duda reliquia de la época burguesa pero que estaba muy cómoda, claro indicio de que comenzarían a tratarla con la atención que garantizaba la carta de derechos humanos de las Naciones Unidas, y en todo caso, las reglas más elementales de los derechos del proletariado. Estimulada por la urbana actitud del compañero investigador, Vivian se apresuró a exponer sus quejas por la sustracción violenta de la cámara y por haber sido encerrada por horas y horas en inapropiada celda sin que nadie le informara de los cargos. Además: la había encuerado una lesbiana que pretendió registrarla. Y ella a que la desnudaran lesbianas no estaba acostumbrada. Era la misma cosa que echarle el Parque de Yosemite a los perros.

— En la Revolución no hay lesbianas. Las reeducamos a todas.

El capitán tomó nota del teléfono de Ken y la invitó a retirarse. A Vivian le parecía más cortés la silla de mimbre tropical que el suelo de cemento sin pulir, hizo un esfuerzo por prolongar su estancia hablando de su participación en los comités de solidaridad con la Revolución Cubana en las entrañas del Norte revuelto y brutal, pero el escolta del AK-47 y la expresión hosca, se la llevó sujeta del brazo izquierdo.

Pasaron más horas, no sabía cuantas, que a Vivian, sujeta al auto-interrogatorio del terror, le parecieron peores que un curso de verano en el Sur a media paga en un college de monjas. Se sentó en el suelo, la cara contra la pared cubierta de inscripciones rupestres de presos precursores que denigraban con mala fe y peor leche el sistema carcelario de rehabilitación moral del primer Territorio Libre de América. Por un instante la salvó el espíritu científico. Se entretuvo memorizando palabras escritas en la pared que no había tenido oportunidad de estudiar en la ría de Arosa y tomó conciencia de indagar su connotación semántica con Ken, no, mejor con Hernán, pues pudieran ser expresiones del florido vocabulario sexual del mundo Caribe y ella con Ken tenía menos confianza. Al fin la sacaron de la celda con innecesaria y poco solidaria rudeza —ese mismo miserable del fusil— y tan deprimida se sentía que en un relámpago se imaginó que iban a fusilarla. Se tranquilizó un tanto, al ver la hora que no era la acostumbrada según había oido.

La sacaron afuera y ella miraba a los muros, hasta que Ken, alto, grueso, rubio, bien vestido avanzó hacia ella con sonrisa de académico responsable.

Todo estaba satisfactoriamente aclarado. También pondrían a Hernán en libertad y aquí estaba la cámara. Ken le entregó la Kodak con expresión triunfalista.

Vivian, jubilosa y reivindicada, la tomó, la abrió, palideció, gritó: — ¿Y el rollo de película?

— Confiscado, naturalmente.

— ¿Cómo que confiscado?

— La bahía que fotografiaste es zona militar. El Mariel.

— No fotografié ninguna bahía, sólo la playa, claro está que había un fragmento de mar al fondo pero nada militar.

— Eso no lo puedes juzgar tú, querida, que eres ignorante; policías tiene el Gobierno Revolucionario que os sabrán responder.

— A la mierda el Gobierno Revolucionario ¿dónde están mis fotos? Había veintidós fotos de carácter privado, íntimo e inalienable en todos los pueblos del mundo y solamente una foto de la jodida playa; exijo que me devuelvan las demás ahora mismo.

— Las pedí pero me dijeron que el rollo entero estaba confiscado por razones de seguridad. Tienes suerte: no hay cargos contra ti. Comprenderás que en estos momentos los compañeros del

Ministerio del Interior tienen que ejercer especial cautela: es necesario combatir la amenaza imperialista. Recapacita, Vivian, ¿qué importancia tienen veintidós fotos, fueren las que fueren, frente a la Seguridad de la Revolución? Parece mentira pero te estás comportando como una pequeño-burguesa... te soy sincero.

16

Horas más tarde, Vivian interrogaba a Hernán. — ¿Pero es que no hay recursos de carácter legal para que me devuelvan mis fotos?

— No.

— Mis tetas no tienen valor estratégico. ¿Es que en este país no hay tribunales de justicia?

— Tribunales sí . Y mucho más rápidos que los de tu país: Confirman por escrito las decisiones de la Seguridad del Estado. Y no te imaginas la cantidad de trabajo que se ahorra con esto.

— Pero esto es una dictadura...

— No. Es el sistema más libre y democrático del mundo: habrás oído decir esto en el último discurso: parece que lo preparó George Orwell como práctica para su novela. Cada palabra significa lo contrario de lo que se dice. Pero ya Goebbels aplicó antes el procedimiento y vio que era bueno. Siempre hay un porcentaje de personas de buena fe en el extranjero que no tienen tiempo ni ocasión de estudiarse el fondo de las cosas. Y lo que mucho se repite, un poco de verdad se hace en la mente. En esto también, Goebbels tenía razón. Y por un tiempo, la mentira bien repetida tiene éxito. Goebbels la pasó bien, salvo los seis últimos meses.

— No me interesa analizar, si no que me den mis fotos. Si no me las devuelven, me retiro del Comité de Solidaridad con la Revolución Cubana. Se lo he advertido a Ken.

Tres días más tarde, Vivian y Hernán se despedían con un prolongado y tierno abrazo. Se habían acostumbrado el uno al otro. Y ambos sabían que la partida era para siempre.

Vivian quiso disimular la tristeza y reafirmó sus principios.
— Mil fotos con ropa o sin ropa no cambian mis ideales marxistas. Lo que sí reconozco es que este Gobierno es una coña inmensa. Estoy segura de que a Marx, a las diez de últimas, lo hubieran recluido en un campo de rehabilitación marxista.

Volvió a besarlo.

— Dime, amor ¿nos volveremos a ver algún día, tú y yo?

El miró para la última consigna que, en letras rojas y negras, embellecía el aeropuerto.

Vivian le dio otro beso que él agradeció en este instante de noche triste del cubano. Ella balbuceó: Es que yo... volver a este país... no respetan los derechos individuales...

— Yo no puedo salir, no me darían permiso. Ni siquiera de visita. Trabajé en la Oficina de Grandes Proyectos.

— ¿Qué es la Oficina de Grandes Proyectos?

— Si te lo cuento no podrías creerlo, linda.

Quedaron en silencio. Contando minutos las manos unidas.

Vivian tuvo un arranque de los suyos: — El año que viene en el mismo hotel, pero esta vez será solamente una semana, perdóname pero les he cogido miedo.

Adiós.

El avión se fue.

17

El color del agua ha comenzado a cambiar. El azul oscuro ha cedido al claro y ahora empieza a ceder al verde, señal de que estamos cerca de un bajío. Ojalá sea un cayo, no pensaba que el bote se hubiera desviado tan al este como para encontrar un cayo pero estaba contento de encontrar un descanso del mar monótono; allá en la distancia hay una mancha blanca y verde, unos metros de tierra hacen recobrar la confianza, pisar firme, y tal vez haya algún cocotero, cada coco es una lata de agua más, tal vez cangrejos, por aquí no hay almejas, siempre hay algo que aprovechar en un cayo y sentarse en la tierra y echarse un rato sin el mareante vaivén del bote y seguro, estar seguro de que es tierra lo que uno pisa.

Arrastró el bote sobre la arena hasta encallarlo y lo ató con bejucos y un trozo de cuerda a unos árboles de uva caleta. Se dejó caer a la sombra y allí quedó sin moverse como un delfín enfermo de los que arroja el mar. Respira hondo, siente la arena fresca en los pies, escucha el ruido de las olas como música no como amenaza, ninguna ola le puede hacer nada en tierra, libre, libre por ahora del mar. Arrancó unas uvas caletas, masticó lentamente tragando el zumo y escupiendo la pulpa para calmar la sed. Luego echó a caminar por la yerba de sapo, verde, carnosa y dúctil que producía un grato crujido al caminar y aseguraba a su piel que estaba en tierra. Buscó algún cocotero que, en el Mar Caribe cumplen la función de los pozos en el Sahara. No los había, sólo yerba, uvas caletas, palmas canas u otro tipo de palma fea no estaba seguro del nombre, y como recompensa de la pobre flora, el lirio sanjuanero con sus preciosas flores de pétalos blancos, alargados que se juntan como si fueran manos que rezaran junto al mar a un dios desconocido. Recordó con cierto malestar que cuando un pescador desaparece, sus compañeros, en silencio, arrojan lirios sanjuaneros a las olas que el océano, poco a poco, va tragando. Recorrió todo el pequeño cayo, menos de ciento cincuenta metros de diámetro, sin cocoteros, pero siempre antes de volver al mar podría cargar el bote de racimos de uva caleta para alargar la provisión de agua, hay que mascar con moderación, el exceso de zumo de la uva caleta produce, según los pescadores, retortijones y en ocasiones deshidratante diarrea, pensaría en todo eso y en lo demás más tarde, ahora disfrutar los pies sobre la arena, sin bote que dirigir, vela que cuidar, remos que corten las manos, preocupación de derivar hacia el Atlántico y no salir nunca de él, la tierra es segura. De niño le encantaba viajar a los cayos. Siempre los consideró un mundo aparte distinto al mundo reglamentado de las personas mayores y de los deberes que configuran a todo niño educado que quiere hacer el bien a la humanidad, los cayos estaban cargados de sorpresas y de leyendas y cuando no las había, se inventaban porque todo niño que había pasado el primero de historia sabía que era en los cayos donde piratas y contrabandistas del Caribe se habían refugiado. Y los cayos eran el mundo nuevo como lo encontró Colón. No importa que el Gran Almirante contara entre sus errores mayúsculos el haber creído que Cuba era Cipango, no se le podían exigir al Adelantado conocimientos de economía moderna ni se le podía culpar por no poder distinguir a un pacífico siboney en cueros de un feroz samurai con armadura. Bastante había hecho con habernos encontrado y haber echado a andar la rueda de la fortuna que quinientos años más tarde lo había conducido a él a escapar del Cipango del tercer mundo.

Los niños en sus juegos siempre eran piratas contra españoles, que en aquellos siglos no se distinguían de los cubanos, o españoles contra piratas. Todos sabían que en estos cayos se guarecían los piratas a esperar la noche antes de caer sobre los pueblos y haciendas del litoral. Doscientos años de piratas —sin contar con los del siglo XX— y dos mil setecientos cayos que rodean la Isla daban mucho de sí . Cuando creció y profundizó por oficio en la historia de su país, se dió cuenta de que los piratas habían sido los precursores de los dictadores modernos. Salvo que carecían de ejército regular, presupuestos y policía política y que su bandera no tenía reconocimiento internacional a pesar de la calavera y las dos tibias. Gilberto Girón, el temido pirata francés al que mató el negro Salvador, a quien las cadenas de esclavo no le habían quitado el coraje; Francisco Nau, el Olonés; Drake, el pirata ennoblecido por tener la generosidad de dividir el botín con su reina más o menos virgen; Pata de Palo, el pirata ortopédico; Henry Morgan, el lord premiado con el gobierno de Jamaica y la marca de un ron oscuro que perdura hasta nuestros tiempos. La Isla siempre había atraído piratas como la sangre atrae a los tiburones del Caribe.

Aun ahora, se cava en la arena de los cayos y, ocasionalmente, aparece alguna calavera secular aparte de las recientes. Tesoros no salen nunca, que de haberlos ya los hubiera vendido el Gobierno a los capitalistas extranjeros.

En el siglo XX los cayos sirvieron para el contrabando de chinos que viajaban de Cantón a la Isla con la esperanza de enriquecerse en un tren de lavado en los Estados Unidos. Cuando la ley seca, el contrabando de ron, generosamente exportado por la Isla a sus clientes de la Mafia fue el origen de distinguidas familias activas en finanzas y en política a ambos lados del estrecho. Una vez en U.S.A., el ron cubano se ampliaba con toda clase de porquerías.

Luego fue Hemingway, enamorado de Cuba y de España, el que anduvo por los cayos en su **Pilar** empeñado en la búsqueda demencial de un submarino alemán que se negó a enfrentarse al futuro Premio Nobel con la malevolencia proverbial de la marina de Doenitz. Como el submarino teutón se negaba a emerger del

Caribe, Hemingway lo colocó en la novela. Y allí lo hundió para siempre, nazis y todo, con unas granadas impresas. Después de los frustrados nazis, los hermanos soviéticos con internacionalismo de la mejor cepa proletaria, consideraron los cayos benditas bases de submarinos nucleares listos a liberar a los países de la OTAN de la opresión burguesa. Finalmente se decidieron por la bahía de Cienfuegos que gozaba de más calado, una hermosa ciudad fundada por españoles refugiados de la Luisiana vendida, y bastante menos mosquitos.

Los esclavos que trabajaron por casi un siglo los cayos, no fueron los negros yorubas —inversión demasiado valiosa para arriesgarlos— sino los carboneros gallegos de Lugo, Coruña y Pontevedra que pasaban semanas en solitario quemando yanas para sacar unos sacos de carbón que luego, boina, alpargatas y carretón de mula, vendían en la ciudad. A los habaneros les encantaba el sabor que el carbón de yana daba al lechón asado y a la langosta. Por las noches, los carboneros maldecían la hora en que dejaron Vigo o La Coruña pero ya era tarde. Con el tiempo los mosquitos dejaban de picar a los gallegos de piel curtida no sin antes haber adquirido el paludismo y la ciudadanía. Y otros gallegos morían solos, rodeados de mar, soñando con su aldea, mordiendo la arena del cayo.

Y fueron los humildes cayos los que devolvieron la fe a Colón después del motín. Un cayo sin agua hizo gritar ¡Tierra! a Rodrigo de Triana, el descubridor de las Antillas con misión providencial y nombre de bailarín flamenco.

Sintió la tentación de quedarse en el cayo. No sabía si era miedo al mar o amor a Cuba. Rechazó la tentación con penosa dificultad, se estaba volviendo blando.

Llena el bote de racimos, besa la corteza del árbol que le quitó la sed, corta los bejucos, desata la jarcia, empuja el bote sobre la arena húmeda, salta, el mar, remar, remar. Algún día se llega a puerto, lo asegura el refrán.

18

"La agricultura te espera porque el campo es tu trinchera". La emisora radial brindaba los últimos consejos que garantizaban la derrota del mundo capitalista. Hernán escuchaba en la radio de pilas taiwanés. Cuando Vivian se marchaba, quiso hacerle un regalo. Ven conmigo a la diplotienda y te compro lo que quieras. El se sonrojó: Hay algunos compatriotas que viven así ,de las extranjeras, pero no esperes que yo acepte que tú me compres nada. Es que te hace falta y no seas tan escrupuloso, ya eso no se lleva; si yo soy la única de los dos que tiene dólares, justo es que sea yo la que te compre algo, por algo soy mujer liberada. No, cariño. Antes de irse, ya en el aeropuerto, Vivian le entregó su radio de pilas. Gracias, esto sí me trae a la memoria momentos contigo. Con esta radio habían bailado desnudos en la playa a la luz de la luna. ¿Te acuerdas? Sí.

Y ahora la radio le traía noticias de Cuba en medio del mar. Todos a la Plaza de la Revolución a escuchar el verbo inspirado del Comandante en Jefe. La brigada millonaria del corte de caña, Los Coquitos integrada por los compañeros del Ministerio de la Industria Ligera, será honrada en una ceremonia del Comité de Alta Producción del Partido Comunista de Cuba por su contribución al éxito de la zafra azucarera. El querido líder de la República Popular de Corea, impuso a nuestro Canciller la honrosa condecoración de La Taza de Arroz Socialista con distintivo de plata. En la movida ceremonia, que tuvo lugar en el Salón de los Espíritus del Cielo del Palacio Popular en Pyongyang, el conductor del pueblo coreano reiteró la solidaridad de este pueblo hermano con Cuba en su batalla contra el imperialismo. Todos a la Plaza de la Revolución. ¿Qué culpa tienes tú de que te guste lo bueno? Toma Sipiña y disfruta el sabor a piña cubana en la Florida. Las estaciones de radio de Miami y La Habana continuaban interfiriéndose unas a otras en las ondas aéreas del Caribe. El preservativo Colón lubricado, garantiza su protección y disfrute. Descubra el placer del sexo sin preocupaciones con el preservativo Colón, satisfacción asegurada o le devolvemos su dinero. ¡Ni un paso atrás!

19

En el mar los recuerdos lo atacaban a uno, no con la regularidad de las olas, sino con el desorden de una carga de hormigas bravas que con la mordida de sus poderosas mandíbulas reclamaban la atención de la piel dejándola cubierta de ronchas rojas que al rascarse se hacían úlceras.

Ahora mordía su memoria la imagen de tío Gonzalo, su padrino de bautismo. Cuando la policía de Batista asesinó a su hermano, el juez Pilatos se lavó los huevos.

Gonzalo se convirtió en justicia, ocupando el lugar de su hermano en la lucha clandestina, el juego del esbirro mosca y el revolucionario araña, y en ocasiones al revés. Participó en el sabotaje contra los coches patrulleros y en el secuestro de Fangio, el campeón argentino de carreras, invitado por las autoridades para estimular el turismo extranjero, la última esperanza del General de entonces.

Tío Gonzalo fue en la clandestinidad hombre de suerte, se libró varias veces de la amigable custodia de la policía. La última ocasión, ya en las últimas navidades del régimen de Batista, escapó del Buró de Investigaciones cinco minutos antes de que los agentes sorprendieran una reunión clandestina en un apartamento del Nuevo Vedado. Los otros dos compañeros esperaron el día primero de enero en la cárcel del Príncipe que fundaron los capitanes generales en tiempos de la Colonia y que poblaron los cubanos en la república. Sólo una vez Gonzalo cayó preso y un habeas corpus lo hizo libre por falta de pruebas, gracias a un juez honrado.

Después del triunfo de la Revolución, Gonzalo ocupó diversas posiciones y por último la Dirección General de Suministros de la Marina Mercante. Para Gonzalo trabajar en la Marina Mercante era contribuir a hacer realidad un viejo sueño: La isla archipiélago de los diez mil kilómetros de costa sólo tenía media docena de barquitos viejos adquiridos bajo el Gobierno del cubano-astur-catalán Grau San Martín y en la actualidad gastaba veintenas de millones de dólares en fletes pagados a navieras extranjeras. Para Gonzalo fue motivo de orgullo ver como el Gobierno Revolucionario multiplicaba los navíos de la bandera de la estrella solitaria. En esto sí hemos cumplido las promesas de la Revolución —se repetía a sí mismo cuando lamentaba el olvido de otras. Gonzalo trabajaba con entusiasmo desesperado —cuantos más errores y sinvergüencerías advertía en **el aparato**— en la esperanza de que si bastantes revolucionarios cumplían con su deber en su puesto de combate, las cosas habrían de mejorar y la preocupante carencia de libertades cedería el paso a la Cuba Nueva. Sin fe no era posible hacer nada en la Revolución, pero con fe sólo tampoco. Cuánto más dudas sufría, con más furor se entregaba al trabajo, por mí no debe de quedar y estoy seguro de que no estoy solo...

A pesar de su dedicación, Gonzalo presentaba una grave debilidad de carácter ideológico: al revés de la mayoría de los compañeros, no había renunciado a sus convicciones religiosas luego de que el Comandante en Jefe desde la Plaza del Sinaí proclamara la Revelación Marxista-Leninista.

Gonzalo no hacía alarde de sus creencias y había creado unas difíciles catacumbas en su interior, donde la fe se reunía a orar con la esperanza por Cuba cada vez más ahogada en el bagazo dictatorial.

Así estaban las cosas cuando el destino de Gonzalo, combatiente de la lucha clandestina, se entrecruzó con el destino de Casimiro Zorrilla, miembro del Comité de Defensa, voluntario del

Escambray y chivato de vanguardia. Era Gonzalo, más hombre de devoción privada que de ceremonial público y rara vez asistía a misa salvo Navidad y el domingo de Resurrección. Hoy era el onomástico de su difunta madre, doña Covadonga Llenín, y recordó la promesa de oír misa el día ocho de septiembre. La iglesia estaba en la zona vieja del puerto de La Habana —no lejos del estado mayor de las putas de marineros— edificada a mediados del siglo XVIII poco antes de la toma de La Habana por los ingleses que se habían robado sus campanas. Hoy se venía cayendo a pedazos por falta de piedra, ladrillos y pintura. Desierta la mayor parte de los días, el culto era atendido por un simpático, decidor y ancianísimo cura extremeño que, durante la guerra civil, cuando era seminarista, se había salvado por vivir con una miliciana de la FAI en Barcelona. Después de lo cual el padre Francisco emigró a Cuba por ser mal visto su pecado por los vencedores.

En la penumbra húmeda y maloliente, sólo se ven dos hombres con cara y cuerpo de jubilados, una docena de mujeres que alternan el medio tiempo con la edad provecta, y algo más atrás, en posición de disfrute soplopanorámico, Casimiro cumpliendo su deber patriótico con la revolución.

Gonzalo entra y se persigna.

Tres días más tarde es requerido con carácter de urgencia al despacho del Director Nacional de la Marina Mercante. El Director, que solía respetar a Gonzalo y sobre todo a su trabajo, parecía preocupado y nervioso. Gonzalo, solícito, inquiere qué le pasa al compañero Director. Después de ciertos titubeos, tal vez vergüenza, éste plantea la cuestión. Te han visto en misa. No tendría importancia si fueras un marinero, pero tú eres un líder, tienes que dar el ejemplo. No, si yo soy muy flexible y además te aprecio y además te necesito, no, si yo te dejo que creas lo que te dé la gana —yo nunca he sido sectario, tú lo sabes— únicamente te pido que no des malos ejemplos en público.

A Gonzalo le parecía todo una versión moderna y retorcida de las malas compañías y ocasiones de pecado.

— No, no, no me contestes ahora, Gonzalo. Tú piénsalo, te lo digo por tu bien, actúa como dirigente responsable.

Gonzalo fue a sentarse en el muro del Malecón, lugar donde la familia acostumbraba a tomar sus decisiones difíciles contemplando las olas y escuchando el murmullo. ¿Qué hacer? era la pregunta eterna desde los tiempos de Lenin. Perder la misa o perder la marina. Y no es que la misa en sí le importara tanto, así fuera el onomástico de su madre o todas las festividades del mundo, la marina bien vale una misa (a la que no ir) y después de todo Dios está en todas partes pero sólo un maricón de espíritu puede dejar de ir a misa para mantener un puesto que se ha ganado a fuerza de trabajo y resultados frente a las narices del Norte. En otros países el abuso había sido al revés: había que ir a misa para satisfacer al sistema o al dictador de turno. Y la Revolución la hicimos para ser libres y no para ser hipócritas. A Gonzalo le entraron ganas de asistir a misa todos los días y hasta de hacer novenas en la Plaza de la Catedral, arrodillado en los adoquines para edificación de los turistas que así podrían comprobar la libertad de cultos.

Y no hay peor vida que la del revolucionario que deja el Movimiento, lo perseguirán no sólo Caifás sino los doce apóstoles. Y se pudrirá.

Al día siguiente Gonzalo comunicó su resolución al compañero Director.

Le dieron dos semanas para entregar la oficina. En esas dos semanas trabajó como nunca. Cuba se merecía una marina mercante.

*

Gonzalo experimentó el vacío de la amistad amedrentada, hija natural de todas las dictaduras; en cuanto se supo que había sido despedido de la Marina Mercante por conciencia pequeño-burguesa y complejo de superstición, comenzó entre sus amigos el fenómeno conocido en Cuba como: "zafa, conejo".

Al pasar a la categoría de leproso laboral, Gonzalo trató de emplearse por cuenta propia. Subsistió vendiendo buchitos de café en los juegos de pelota, en aquella época en que áun, con cierto esfuerzo, podía adquirirse algún café. Después de quince partidos se ganó la quiniela del Ministerio del Interior: lo detuvieron por practicar comercio capitalista. No fue sentenciado, pero se le advirtió seriamente que si persistía en el camino de la utilidad privada vendiendo buchitos de café por su cuenta, volvería a ser detenido y esta vez condenado. Sin contemplaciones.

Algún amigo se atrevía a proseguir clandestinamente la amistad, evadiendo la vigilancia del Comité de Defensa de la manzana que tenía entre sus actividades más preciadas el informar de las visitas que tuvieran lugar. Hernán, por aquel entonces estudiante, le consiguió, en secreto, trabajos que pasar a máquina y de ello malvivía. Algún amigo le daba unos pesos. Vendió algunos objetos de la casa, entre ellos un hórreo de plata de su padre.

Poco a poco y sin que Gonzalo lo buscara activamente, viejos compañeros de la revolución, disidentes de esto o aquello, comenzaron a reunirse los domingos en su casa para discusiones que no tenían otro objeto ni posibilidad que compartir la frustra ción revolucionaria frente a la neodictadura y soñar con un futuro mejor. Para Gonzalo, la vida entera había sido soñar con un futuro mejor. Y en los ratos mejores de su existencia, creer que él estaba haciendo algo por traer ese futuro a su patria martirizada.

Un día un compañero de Seguridad del Estado, entrenado por año y medio en Checoslovaquia, comenzó a asistir religiosamente a la tertulia, disfrazado de socialista democrático. El Tribunal Popular, por unanimidad, sentenció a Gonzalo a cuatro años por hablar mierda.

El crimen pasó a ser conocido en los círculos del régimen por este apodo que le dio un chusco gubernamental. Era el delito standard en aquel tiempo cuando no se encontraba otro. Había sido la figura delictiva más socorrida desde la época de las reuniones de negras brujas en el siglo XVIII en los barracones de los ingenieros. Al fin la libertad de pensamiento había adquirido categoría de diablito ñáñigo.

*

En la cárcel, Gonzalo no fue sometido a un régimen particularmente cruel. Se le permitió recibir visitas regulares y especialmente leer sus propios libros que le suministraron sus amigos. Leyó a Gandhi de quien no había leído nada antes. Le impresionó la sinceridad y poder de su Autobiografía y más aún las biografías que de él escribieron otros. Se maravilló de su persistencia en luchar a través de medios no violentos pero que resultaron efectivos. No obstante no se hacía ilusiones de que el método pudiera aplicarse en una dictadura totalitaria sin el menor acceso a los medios de comunicación ni a un poder judicial propiamente dicho, que no fuera la agencia penal de un omnipotente poder ejecutivo. En todo caso adquirió un profundo respeto por la fuerza espiritual del líder indio. Leyó muchos otros libros de acuerdo con las posibilidades de sus amigos. Las autoridades penales sólo le confiscaron Granja Animal de George Orwell y La nueva clase, de Milovan Djilas y un libro de Aldous Huxley, traducido en Buenos Aires, La filosofía perenne, a la que calificaron de veneno religioso. Por lo demás no le molestaron más allá de lo que suponía el régimen carcelario. Después de un tiempo, Gonzalo se acostumbró a la prisión. Su hija y Hernán lo visitaban regularmente. Su mujer comenzó a espaciar las visitas.

Por el sexto o séptimo mes, el director del penal le ofreció un inesperado regalo: le iban a instalar un televisor soviético en la celda.

Gonzalo compartía la celda con un testigo de Jehová y con un empleado del Ministerio de Agricultura que también había sido condenado por hablar mierda. El testigo vivía en su mundo aparte, augurando cada cierto tiempo el advenimiento del Apocalipsis que en la Isla tomaría la forma de una invasión de los marines que emplearían armas nucleares. Estimaba el número de supervivientes en La Habana en once mil trescientos diez y nueve, cifra a la que llegaba a través de misteriosos cálculos basados en una vieja biblia y en otro libro que no entendía nadie. Aparte de esto el testigo era persona gentil, bondadosa y considerada y Gonzalo terminó tomándole cariño a pesar de la prédica del Apocalipsis.

El ex-empleado del Ministerio de Agricultura, un veterano de la Zafra del Puerco y de la Operación Palmiche, era otra cosa. Nunca miraba de frente, hacía demasiadas preguntas sobre asuntos que no le competían y mantenía sobre sí mismo un sigilo que recordaba la cautela del majá de los campos cuando se acerca a un gallinero. Gonzalo llegó a pensar que podría tratarse de un informante que ganaba méritos para alguna condecoración de héroe de alguna cosa, compartiendo la prisión e informando sobre él, pero de esto no tenía pruebas, tampoco, reflexionó, se suelen tener. Resolvió ser cortés pero cauteloso.

Gonzalo le pidió al director un día de plazo para decidir si quería o no el televisor en su celda. Por un lado se había alegrado con la propuesta, que le permitiría escuchar las noticias y los discursos, y aunque ni unas ni otros fueran lo que se llaman derrochadores de la verdad, deducir a través de ellos algo de lo que estaba pasando y en el peor de los casos, reírse en silencio para no llorar con su contenido.

Cuando al día siguiente volvió a ver al director, ya tenía tomada su decisión:

—Acepto muy agradecido el televisor, pero quiero compartirlo. Yo lo vería una noche a la semana, y las otras seis le rogaría que lo rotara entre otras seis celdas.

El director negó la petición visiblemente molesto.

— Es que —insistió Gonzalo— no quisiera disfrutar de privilegios sobre los demás.

— Somos nosotros los que decidimos lo que es privilegio y lo que no es privilegio —respondió, secamente, el director de la cárcel.

Gonzalo no cedió y se quedó sin televisor.

La prisión de Gonzalo había creado cierta molestia sorda entre algunos trabajadores de la Marina Mercante que lo recordaban como un administrador competente, trabajador y justo con los obreros, dispuesto a ayudar en todos los problemas aún en los de carácter personal. A muchos les parecía injusto —aunque no lo dijeran en voz alta— que se le hubiera condenado a cuatro años por hablar mierda cuando los líderes máximos de la Revolución hablaban toda la que querían.

Fue el décimo mes, cuando el director le hizo una propuesta. Gonzalo debía ingresar en uno de los cursos de rehabilitación ideológica y al cabo de seis meses quedaría libre. A Gonzalo se le encandilaron los ojos y contestó que lo pensaría.

Pasó tres días pensando, y orando cuando reunía fuerzas para creer. Al cuarto día rechazó la oferta: — No participé en una Revolución para hacer el hipócrita. No creo en las dictaduras: sólo traen sangre, lágrimas y cinismo. Aun las menos malas. Y aunque se disfracen de un color o de otro, que disfraces es lo que sobra en política.

Las condiciones de encierro se endurecieron: las visitas se siguieron permitiendo con la misma frecuencia; los libros se le confiscaron. Completa libertad para leer los periódicos; todos eran del Gobierno.

Gonzalo tenía una prima en una aldea de Asturias. Sólo la había visto una vez, durante el bachillerato cuando su padre llevó a la familia a conocer su tierra. En la aldea de dieciséis casas, Josefa no había tenido oportunidad de recibir educación, no se casó y ella misma cultivaba los cinco o seis cachos de tierra separados que le correspondieron en herencia. Vivía en la casa del abuelo, que el padre de Gonzalo había reconstruido. Josefa estaba orgullosa de sus dos primos revolucionarios y no comprendía del todo bien por qué Gonzalo estaba ahora en la cárcel de Fidel cuando se había salvado de la cárcel de Batista. Josefa comenzó una campaña de una sola persona para obtener la liberación de su primo. Escribió con faltas de ortografía a cuanto periódico español se las quiso publicar y a algunos que no las publicaron y a dos que las publicaron mutiladas. Escribió a cuanto político de Asturias oyó mencionar; visitó al alcalde del concejo. Como no obtenía resultados y Gonzalo seguía en prisión, creó una Asociación Asturiana Pro Libertad de Presos Políticos Cubanos, con la ayuda del boticario de la capital del concejo y media docena de campesinos. Dio un viaje a Madrid y se paseó frente a la embajada cubana con un cartel en que se pedía respetuosamente la libertad de Gonzalo.

— ¿Quién es esa loca que se pasea por la acera con ese cartelón mentiroso?

— Es una gusana gallega.

Un periódico asturiano empezó una campaña por la liberación del primo de Josefa. Esta se retrató en las oficinas del sub director con media docena de paisanos que sostenían un cartelón blanco en letras rojas reclamando la libertad de Gonzalo.

En la visita que hizo a Cuba un destacado miembro del Gobierno Español, éste le pidió al Comandante en Jefe la libertad de Gonzalo. Y el Comandante la otorgó graciosamente.

Gonzalo salió a la calle, el hablar libremente sólo le había costado dos años y once meses.

Comentó un destacado líder del movimiento pro-derechos humanos de Cuba (él mismo ex-preso), luego de expresar su alegría por la liberación de Gonzalo, compañero en la lucha contra la dictadura del General Batista:

— Fidel siempre tiene presos para regalar.

20

Hernán había resistido con toda el alma su inmerecido nombramiento: — No veo como pueda ser útil en la Organización Nacional de Grandes Proyectos. No soy científico.

— Eres historiador y se requiere la presencia de un historiador.

— ¿Pero por qué yo?

— Gozas de prestigio entre tus estudiantes y has sido seleccionado. Hace falta un historiador joven y estás nombrado desde ya.

— Está bien, renuncio ahora mismo.

— En la Revolución no hay lugar para el subjetivismo pequeñoburgués. Hay que servir al pueblo.

— No me alcanza el tiempo en la universidad. Y en este momento estoy dirigiendo muchas tesis de grado.

— Eso está resuelto; dejarás de enseñar dos clases y déjame añadir que el rector está entusiasmado con tu nombramiento, es prestigioso para la universidad que, tú sabes, en ocasiones se siente relegada.

— No acepto.

Y así fue como Hernán fue incorporado en una mañana aciaga al consejo consultivo de la Organización Nacional de Grandes Proyectos (la ONAGRAP). El organismo trabajaba en el mayor sigilo por razones obvias.

Erasmo, el compañero responsable, le dio la bienvenida en breve y oportuna oración: — Saludamos la incorporación de un compañero historiador a estas tareas torales de la lucha a muerte que mantenemos contra el imperialismo yanqui y sus satélites.

Hernán aceptó las felicitaciones con una sonrisa que él mismo no sabía si era irónica o simplemente un acto reflejo. En las dos primeras sesiones se mantuvo callado, guiado por el noble propósito de no meter la pata más allá de lo estrictamente necesario en estos casos. De los proyectos de la ONAGRAP conocía un éxito indiscutible: La Operación Langosta, que llenó las costas de viveros del suculento crustáceo y estimuló las exportaciones del Panulirus argus hasta un nivel nunca alcanzado bajo el capitalismo. Hoy los mejores restauranes europeos servían langosta marxista-leninista. También había oído de la **Operación Cordón de La Habana**, ofensiva económica de envergadura destinada a rodear de cafetos la capital en proporciones épicas, potencialmente capaces de desbancar a Juan Valdés de Colombia. Ni la desecación de pantanos en Siberia (proyecto del compañero Stalin) era comparable en ambición y sobre todo en la utilización stajanovista de la fuerza de trabajo del sub-utilizado habitante de la capital, largo tiempo acostumbrado al derroche de energías de la dolce vita, característica de la rumbosa y pecadora época burguesa de la capital habanera.

El Cordón de La Habana gozaba de más virtud que el cordón de la mismísima Santa Teresa. Se sembraron decenas de millones de posturas del aromático producto por centenares de miles de movilizados trabajadores más o menos voluntarios, unidos en el entusiasmo de la cruzada económica del cafeto. Por estas cosas que tiene la vida, los cafetos fallecieron ingratamente antes de la pubertad. Bien es cierto que ciertos guajiros minialfabetos de temperamento naturalmente pesimista lo habían predicho, augurio que se había achacado a desviaciones de carácter ideológico tan comunes en la clase campesina.

Tampoco había prosperado otro Gran Proyecto, la llamada Operación Zafra del Puerco que los maliciosos, tan comunes en el Caribe, apodaron Operación Chicharrones de Viento. El Proyecto fracasó en su tarea de hacer de la Perla de las Antillas la primera nación en la exportación de puercos del hemisferio y esto a pesar de los notables avances logrados en la inseminación artificial del porcino llevada a cabo por selectas alumnas de la universidad.

Dos de cal y una de arena, y de buena arena como la langosta, no era un resultado despreciable en el régimen de Aladino y la lámpara de luz brillante.

Hernán decidió adoptar la actitud del historiador imparcial dispuesto a rectificar opiniones previas si los hechos lo ameritaban. Y aprender siempre algo, aunque no nos guste, es la característica notable del intelecto humano. A la tercera sesión del consejo, Hernán ya había adquirido sorprendente información del Plan Bibijagua.

El doctor Mircea Tunescu, graduado de las universidades de Bucarest y Leningrado —cuya lista de honores era abrumadora— había comparecido en repetidas ocasiones ante el pleno del Consejo, pero era mucho mayor la información de carácter confidencial que había suministrado previamente al Partido y —según se susurraba— al propio Consejo de Estado, timonel de la nación. El país era afortunado en contar con los servicios de Mircea, médico gerentólogo que había sido del malogrado compañero Nicolás Ceaucescu. Conocidos eran en todo el mundo, los esfuerzos que médicos y biólogos rumanos —ya desde los tiempos del compañero Stalin que en sus últimos años sufrió serias preocupaciones con motivo del fenómeno burgués de la muerte— habían desarrollado en el campo científico de la prolongación de la juventud del homo sapiens. Hasta se rumoreaba que, en los albores de la contrarrevolución rumana, la CIA, por instrucciones privadas del Presidente

Reagan había secuestrado en las calles de Bucarest a dos de los más cercanos colaboradores del doctor Mircea Tunescu con el propósito de escamotear el vital secreto para uso personal del mandatario yanqui. Lo que explicaría la apariencia juvenil del presidente conservador.

A la caída del patriota rumano, el doctor Tunescu se había refugiado en nuestra embajada —una de las poquísimas que quedaban libres del virus de la contrarrevolución— y después de incontables peripecias había hallado asilo científico en la Perla de las Antillas bajo los auspicios del Gobierno Revolucionario al tanto de su bien lograda fama. Se aseguraba que Tunescu estaba conectado (Nomenklatura: Superconectadísimo) al máximo nivel. Particular que Hernán confirmó por la deferencia respetuosa conque Erasmo, de reconocido olfato para el poder, trataba al sabio.

Conocido es que ya en los tiempos del capitalismo balcánico de Rumanía, se habían iniciado los experimentos que tanta fama internacional aportaron a las glándulas de mono bajo la dirección del doctor Voronoff. Los experimentos del célebre Voronoff que cautivaron al mundo —y al rey rumano Carol entusiasmado con la perspectiva de una larga vida al lado de la escultural Magda Lupescu— no avanzaron más allá de cierto grado elemental debido a que cometieron el explicable error de centrarse exclusivamente en los primates, como parientes más cercanos y cucos del homo sapiens, sin recordar que en la cadena de la evolución de las especies, el más diminuto animal nos puede reservar una sorpresa genética. Fue así como el doctor Tunescu, poco después de refugiarse en nuestro país, descubrió la riqueza vital de la bibijagua cubana.

La bibijagua tan ignorada y hasta perseguida en los tiempos del capitalismo en que se la sometía al vejamen de los pesticidas importados del Norte revuelto y brutal, tenía potencia para convertirse en el arma secreta de nuestra economía, gravemente herida por pasados errores, la posterior traición de esos hijos de la estepa y la perenne hostilidad del imperialismo yanqui.

En las pruebas de laboratorio, el doctor Tunescu había establecido que la picada de hormiga bibijagua macho, suministrada en la proporción correspondiente de secreción urticante a peso y superficie del animal inoculado, era capaz de 1) estimular hasta en un setenta y cinco por ciento el vigor sexual del curiel masculino y 2) prolongar en una proporción aún no establecida de modo definitivo, pero cierta, la juventud, vida y bienestar general —mental y fisiológico— del animalito en cuestión. Las perspectivas de utilidades —mediante la exportación del producto a los países burgueses y a los harenes de Saudi Arabia— eran astronómicas.

Unicamente era preciso mantener los experimentos en la mayor confidencialidad para evitar que tanto el imperialismo yanqui como sus aliados de la OTAN, y mucho menos los tenebrosos y comerciales nipones, penetraran el secreto.

Claro está —afirmaba el sabio rumano con singular modestia— que aún quedaban por demostrar los efectos del toque bibijagua en el macho bípedo, pero Tunescu, apoyándose en pasados ex perimentos de la escuela de Bucarest, confiaba en que todo era cuestión de determinar la dosificación pertinente sin indeseables efectos secundarios. De menos había vivido el doctor Voronoff por más de treinta años que conmovieron a Europa. La creciente posibilidad de que el toque bibijagua resultara el arma secreta en la rehabilitación de la haitianizada economía de la Perla del Caribe entusiasmaba a las autoridades.

Erasmo no cabía en sí de satisfacción burocrática y aprovechaba la menor ocasión para pronunciar un discurso dentro de las paredes herméticas de la ONAGRAP. Como todo fanático de cualquier bandera, tenía un harén de ideas erróneas que sacaba a bailar en el momento oportuno.

El economista Wilhelm Berg, alemán de los buenos, otro de los sabios que la marea de la contrarrevolución de Europa Oriental había arrojado sobre el Caribe, destacó el cambio macroeconómico que representaría la Operación Bibijagua.

— La desapetencia sexual, el egoísmo fisiológico de las gónadas y la eyaculación precoz son taras del sistema capitalista, directamente relacionadas con la alienación que sufre el trabajador por su falta de control de los medios de producción —afirmó el Dr. Berg entre las miradas de aprobación de Erasmo y de la profesora Liduvina Vergara. Liduvina era vicesecretaria del Instituto Nacional de Sexología Humana y estaba dotada de un cerebro desarrollado en proporción inversa al culo y este último lo llevaba encuadernado en cuero en dos volúmenes enciclopédicos.

El Dr. Berg —Premio Eric Honnecker de Economía— echó mano de la ciencia estadística cubriendo de gráficos la pizarra y demostrando que, de concretarse los efectos del toque bibijagua en el homo sapiens en la forma augurada por su colega rumano, las exportaciones del vital producto a los países capitalistas de divisa dura alcanzarían entre cinco y seis veces el valor de la zafra azucarera en sus mejores años.

Liduvina le hizo a Erasmo un guiño de orientación leninista. Mujer de gustos erráticos en la praxis erótica, era conocida en los círculos ideológicos del Partido por el sobrenombre de "la loca de la cosa". Quedaron citados. Esta noche a las nueve en La Maison; el nombre burgués garantizaba el pecado en traducción francesa. Chao, compañera.

Erasmo abrazó al economista germano y resumió: — El toque bibijagua representará para Cuba lo que el petróleo para la Arabia Saudita.

21

Por razones de carácter estrictamente científico no necesariamente ajenas a esos celos que en ocasiones atormentan a las mentes más preclaras aún en las sociedades de las que ha desaparecido la explotación del hombre por el hombre, estalló cierta discrepancia entre Berg y Tunescu. Uno de los extremos de discordia era la disponibilidad de bibijaguas en activo que podría encontrarse en los ciento diez mil kilómetros cuadrados de la Isla y cayos adyacentes, y de modo especial la cuestión de que hasta qué punto la utilización de pesticidas importadas del Norte revuelto y brutal durante la época burguesa, podría haber alterado el comportamiento sexual de la bibijagua y su consiguiente reproducción en las zonas cañeras de las antiguas provincias de Camagüey y Oriente que habían sido las más sujetas al latifundio azucarero yanqui.

Fue entonces cuando los dirigentes del Partido tomaron la cuestión en sus manos. El único inconveniente que se preveía era la necesidad de mantener en el más absoluto secreto las virtudes terapéuticas del valioso insecto. Esto provocó la división del aparato en dos frentes, con una tercera posición (la de la mayoría) que esperaba por la revelación del Sinaí. Producida ésta, se decretó a escala nacional la Operación Bibijagua.

A fin de preservar a los revolucionarios animalitos de un posible sabotaje de la CIA, se dispuso la fabricación de enormes bibijagüeros reforzados con concreto y hormigón armado, idóneos para contrarrestar un sorpresivo bombardeo yanqui.

No ocultemos que, en la decisión definitiva, a más de las consideraciones científicas, pesó el indiscutible argumento de carácter político:

— La economía, aunque importante, no es lo único. El gran incentivo está en la inyección de moral que la Operación Bibijagua representará para las masas que, últimamente corrían el riesgo de caer en la burguesa apatía y que ahora combatirán orgullosas en la recolección de la hormiga nacional. Nadie necesita saber el destino de la hormiga —ni su condición de arma secreta en la sexualidad y longevidad masculina— basta que sepan que una bibijagua atrapada es un paso más hacia la sociedad sin clases.

El día 10 de Marzo tuvo lugar la concentración de masas en la Plaza de la Revolución —calculada en millón y medio de ciudadanos— para crear conciencia. El día doce, las **Brigadas Bibijagua** en grupos de quince a diecinueve compañeros se extendieron por toda la Isla. Fotografías de los líderes de mayor cuantía capturando el codiciado insecto en jardines, tomateras, platanales, pinares, cafetales, cacahuales, paperas, arroceras, manglares, bosques de cedro y de caoba, chayoteras, maizales, potreros, pastos, campos de caña, guardarrayas, campos de yuca, boniato, ñame, malanga, piña, mamey y zapote, aparecieron en toda la prensa. Visitantes entusiastas del mundo solidario fueron invitados a participar con los nativos en la Operación. Se crearon concursos bibijagua entre los niños de las escuelas y entre los minusválidos del Partido. En el Ministerio de Educación, en emotiva ceremonia se premió la canción del cantautor León Aldea que reza así:

Imperialismo: haces agua
con el toque bibijagua.
La bibijagua me espera
porque el toque es mi trinchera.

A lo largo de toda la isla, diecisiete brigadas recolectaron más de un millón de hormigas cada una y sus afortunados integrantes fueron honrados en ceremonia televisada en las que se les confirió el distintivo de millonarios. Todo esto en consonancia con las bien conocidas reglas que se aplican en el corte de la caña de azúcar.

Ni un paso atrás en la Operación Bibijagua —rezaba la consigna del año, inserta en vallas anunciadoras, en las pizarras de las escuelas, en el costado de los edificios y en las comunicaciones oficiales. Cuando el ministro de Relaciones Exteriores de un país de la Comunidad Europea recibió una nota diplomática que terminaba repitiendo la consigna, se rascó la cabeza y llamó al Cuerpo de Traductores. Parece que no, pero estas cosas ocurrían con harta frecuencia y se archivaban para la historia diplomática internacional.

Dos meses más tarde el Tribunal Popular Número Dos de la Ciudad de La Habana, en sesión de urgencia, imponía veinte años de cárcel al ciudadano rumano Mircea Vladimiro Tunescu por delitos contra la economía nacional y fraude científico.

22

Aunque Hernán, desde su inicio, había calificado de demencial el proyecto del sabio rumano, su reputación como la de todos los integrantes de la Organización de Grandes Proyectos se vio en entredicho luego de la defenestración del transilvano a quien la prensa oficial —toda la prensa— representaba como un primo hermano del conde Drácula infiltrado en las filas revolucionarias. Hernán regresó a la Universidad tratando de concentrarse en su cátedra de historia patria, pero un tanto en la condición de leproso académico. "Trabajó en la Operación Bibijagua" era la frase que se bisbiseaba en los corrillos de la facultad. Lo lógico era que Hernán fuera depurado de su cátedra y hasta se le exigiera autocrítica pública. Sólo era cuestión de tiempo.

Afortunadamente, a poco llegaron nuevas instrucciones: La Operación Bibijagua no había existido nunca. En esto era ontológicamente idéntica a la Zafra del Puerco. Se trataba de una historia urdida por corresponsales extranjeros, prestos siempre a difamar a la Revolución. Si la Operación Bibijagua no había existido, Hernán no podía ser culpado de nada y su reputación universitaria mejoró con la rapidez con que el buen tiempo sigue a los huracanes del Caribe.

Y menos mal —pensaba Hernán— que a la eminencia rumana se le ocurrió que la virtud masculina estaba contenida en la hormiga bibijagua, que si se le llega a ocurrir que estaba en el elefante y sus glándulas, hubieran tenido lugar en nuestra patria los siguientes irremediables sucesos:

1) La súbita importación masiva de elefantes, aprovechando nuestras pasadas conexiones en Angola, Guinea y otros países africanos.

2) La invasión por parte de la creciente población de paquidermos de nuestros campos de caña de azúcar y su inevitable consumo por animal tan amante del dulce, sin olvidar el efecto de sus patas sobre los cultivos.

3) La destrucción de nuestra tres veces centenaria industria azucarera y su reemplazo por la cría del elefante como fuente principal de divisas.

4) La posterior ejecución de los elefantes como contrarrevolucionarios.

5) Culpar al imperialismo de la introducción del elefante en nuestro país.

23

El juramento de Hipócrates

Si había una facultativa responsable y capacitada en el hospital Acorazado Potemkin del barrio de Luyanó era la doctora Minerva del Pozo Cabreiro. A los treintaicuatro años, Minerva había acumulado una impresionante lista de honores y servicios que envidiaban galenos de mucha más edad. Voluntaria del internacionalismo proletario, sus servicios profesionales se habían extendido desde Etiopía a Nicaragua, recibiendo condecoraciones de estos y otros gobiernos hermanos. En el Ogaden resultó ligeramente herida en la pierna izquierda por el fuego somalí y el coronel Haile Mengistu, en persona, la condecoró en Addis Abeba con la orden del León de Judá.

No obstante los bien merecidos homenajes que la política hacía a la ciencia, la doctora Minerva, como la llamaban pacientes y amigos, era más profesional que militante. Algunos de sus jefes sospechaban que para la integérrima profesional, la política era el precio que una tenía que pagar para que la permitieran dedicarse a la cura de cuerpos. Minerva aprendió temprano en la vida a pagar por su vocación. Cuando con el más alto expediente de su clase, se graduó de secundaria, solicitó admisión en la escuela de medicina de la Universidad de La Habana, el sueño de toda su vida. Dos compañeras de curso, dotadas de restringido intelecto e ilimitado enchufe, fueron inmediatamente admitidas: Lucita, la responsable de trabajo voluntario de la UJC e Iluminada García Escribano, vicesecretaria de recreo de los Comités de Defensa de Centro Habana. Minerva no fue admitida aunque sí es cierto que le ofrecieron plaza en la escuela de enfermeras.

A Minerva aquello le sentó muy mal y pasó tres meses con depresión nerviosa y una anorexia que poco faltó para que diera con todo su talento en el cementerio de Colón, la conocida necrópolis de la capital cubana. Cuando comenzó a recuperarse, Minerva pensó en escaparse al extranjero en uno de esos botes que se aventuraban en el mar a sólo Dios sabe qué destino.

Fue su tío José Francisco, hermano de su madre, reputado como el más clarividente de la familia, quien la disuadió de arriesgarse a los caprichos del Estrecho de la Florida. — Minervita —le dijo— el bregar duro para medrar en esta vida es obligación de aquellos que no son miembros del Partido. Y aún el mucho trabajo nunca es tan provechoso como la buena militancia. Desengáñate: tienes que ganarte el derecho al juramento de Hipócrates con el entusiasmo político. Y si no lo muestras a plenitud no te dejarán recetar ni para una picada de mosquito.

Minerva odiaba la política al uso tanto como amaba la cura de enfermos, pero pensó que Hipócrates bien valía una consigna. En unos meses se hizo joven de vanguardia en la Unión de Jóvenes Comunistas y en pocos más se estableció como contacto indispensable de las organizaciones de masas. Al año siguiente entró en la escuela de medicina. Siempre agradeció al tío Francisco el que aclarara sus ideas sobre los requisitos de admisión.

En el Alma Mater de la colina habanera, Minerva repitió sus éxitos de la escuela secundaria sin descuidar la capacitación política. Militó en el corte más o menos voluntario de la caña de azúcar escondiendo entre la ropa interior los apuntes de anatomía y se destacó en los Círculos de Estudios del Pensamiento Vivo de Vladimir Ilych Lenin.

Se graduó de medicina con los máximos honores (Premio Academia de Ciencias de la URSS) y marchó por un año a especializarse en la Universidad de Leningrado (obtuvo, entre doscientos seis solicitantes, la beca de estudios Anastas Mikoyan) donde finalizó sus estudios en tiempo record y cosechó el Leonid Brezhnev, el galardón más destacado entre los estudiantes del proletariado internacional. En la ceremonia de entrega del Brezhnev, a la que asistió nuestro embajador en Moscú, el rector de la Universidad le impuso la medalla de oro sobre su firme caribe pecho y la obsequió con un estetoscopio fabricado en el Colectivo Lysenko en el que aparecía inscrito, en letras de oro, el nombre del Primer Mandatario de la Unión Soviética, Secretario General del Partido y Presidente de Honor de la Academia de Ciencias, el compañero Leónidas Brezhnev, que había tenido el gracioso gesto de escribir su onomástico en la lengua de Sancho Panza.

Cuando regresó a Cuba y entró a trabajar en el Acorazado Potemkin, Minerva fue la envidia de compañeros de profesión, que aún utilizaban estetoscopios construidos en atrasadas fábricas del pasado capitalista.

El estetoscopio de Minerva recibió su bautismo de fuego en la feroz campaña del desierto del Ogaden donde la doctora salvó la vida de un coronel soviético herido en la ingle por la picada de un avestruz durante un safari. El coronel Solovienko propuso matrimonio a la joven cubana. Minerva, a más de profesional eximia, es guapa, de cara adorable y curvas competitivas. Minerva no quería herir la sensibilidad del combatiente internacionalista y le ofreció una disculpa a la que el coronel soviético no podía menos que asentir: tenía que marchar a Nicaragua a servir con una unidad cazabandidos en la Costa de los Mosquitos. Su estancia en ésta fue breve por aquello de que las cosas allá no resultaron como el Comandante en Jefe manda, y Minerva regresó a La Habana con tres medallas internacionalistas, un colmillo de elefante y una avestruz disecada.

Hernán tuvo el placer de conocer a Minerva en el hotel de Varadero. La doctora había sido invitada a saborear una queimada por un oficial de la Xunta, miembro del cortejo visitante.

Estaba monísima en un vestido negro de terciopelo y hombros desnudos (que había adquirido en la piñata de Managua y que perteneció a una joven europea, querida del difunto Tachito) y era la atención de todos, nativos y gallegos. Hernán no pudo menos que sentirse estimulado por la personalidad y cuerpo de Minerva pero no encontró ocasión de entrar en confianza, la doctora —cuyos antepasados emigraron de Betanzos a Camajuaní en tiempo del presidente Zayas y pusieron una tienda mixta— estaba sitiada por gallegos solidarios y jerarcas del Partido. Lo único que pudo pescar de Minerva, esa tarde, fue una encantadora sonrisa. Dos gaiteiros, calzón de pana corto, chaleco blanco con botones nacarados, amenizaron la recepción entonando la Internacional.

Paseando, poco después de la queimada, por las inmediaciones del hotel, Minerva se detuvo ante la tienda del pueblo para turistas extranjeros. Por pura curiosidad, pues dólares no tenía ni soñaba con tenerlos, Minerva se situó frente a los escaparates iluminados y repasó con una mezcla de nostalgia y escepticismo en sus intensos ojos naturalmente eróticos, el despliegue de productos vedados al consumo nativo. Recordó a su pesar con ironía amarga, que ella había luchado como médico militar en Angola (Medalla Resistencia de Cuito Cuanavale) contra las tropas de Suráfrica, para regresar a la patria y encontrar instituido el apartheid turístico en las mejores playas, hoteles, restauranes y, sobre todo, en las únicas tiendas que vendían algo digno de comprarse. Cuba era el mundo nuevo donde los extranjeros devoraban las langostas (Panulirus argus) y los cubanos se chupaban los dedos. Idos eran para siempre los tiempos nefastos del capitalismo en que una langosta en la habanera Plaza del Vapor costaba cuarenta centavos, al alcance del pueblo siboney. Minerva comprendió que esta corriente de pensamientos que a su pesar la invadían, la arrastraban al crimen de ideas, el más duramente sancionado por las autoridades cubanas, pero no fue capaz de cortarla hasta que descubrió aquello. En una esquina del privilegiado escaparate bajo los rayos realzantes de la luz neón, sitiado por un televisor japonés en colores, dos vídeos, un jersey de señora de pelo de gato chino que con valiente esfuerzo pasaba por cachemira del Himalaya, una caja de bombones Perugina, zapatos de verdadero cuero, una bolsa de cocodrilo cubano, una caja de música con muñeca de porcelana en el tope conteniendo preservativos alemanes garantizados; cosméticos de múltiple camuflaje, lencería femenina de encajes y carnal transparencia, aparecía señero y dignamente incongruente, un estetoscopio canadiense del último modelo. Aunque sabía que su goce y disfrute le estaba implacablemente vedado, Minerva experimentó una profunda excitación profesional que le recordó sus primeros éxitos en la carrera. Su estetoscopio Brezhnev, que había resistido heroicamente el calor de las selvas angoleñas, la frigidez de las planicies de Etiopía y la sequedad que espanta a los camellos del somalí desierto de Ogaden, estaba dando muestras de cansancio científico más allá de toda posible recuperación. Minerva habló con el compañero Escipión Madruga, recientemente designadoelecto diputado para la Asamblea Nacional y responsable máximo de procuración de equipos médicos y similares del Ministerio de la Salud. Escipión, como prácticamente todo cubano, hubiera querido complacer a Minerva pero se limitó a colocarla en una lista, dos años con suerte, antes nada, compañera doctora, siento no poder resolver, patria o muerte, venceremos.

Y claro, pensó la ya para entonces rebelde Minerva, sin atreverse a pronunciar una palabra, este hospital no es de alta prioridad revolucionaria; en cambio en el hospital de la jerarquía chévere hay de todo, es el que muestran a los extranjeros para su edificación ideológica, no puede negarse que en el campo de la medicina han adelantado mucho, un ejemplo para el resto del mundo sin excluír Europa Occidental y las casas reinantes de los emiratos petroleros del Golfo Pérsico. El estetoscopio de Minerva siguió comportándose con anarquía científica, producía de cuando en cuando unos ruiditos que interferían con los del corazón y otras veces provocaba ominosos silencios que parecían indicar la extinción del paciente. Ayer mismo, Minerva había experimentado anemia de confianza frente a aquel anciano dulce y endeble que la adoraba con ojos de fuego y sufría un enfisema del tamaño de la Plaza de la Revolución.

Y ahora, como diría un culebrón caribe, no parecía verdad tanta belleza, tenía en sus manos un estetoscopio como no había creído que existieran, algo que hasta el compañero Escipión, de sólidos quilates revolucionarios y diputado, tendría que reconocer que el afán de lucro del capitalismo meretricio había logrado un producto perfecto, capaz de salvar vidas humanas a pesar de su procedencia de un país de la OTAN.

Con timidez y su mejor sonrisa —una preciosidad de sonrisa de mujer— preguntó al empleado que ya tenía pinta de haber caído bajo el hechizo de sus ojos y anatomía aplicada: — ¿Cuánto cuesta?

— Son trescientos dólares, compañerita.

La doctora Minerva palideció, eran el equivalente de veintiocho meses de sueldo en la bolsa negra. — Usted perdone, compañero.

El empleado mostró una sonrisa de conmiseración y trató de añadir, sin conseguirlo, un piropo de carácter vigorizante, un reconocimiento viril y patriótico de que todavía teníamos, pese al marxismoleninismo, mujeres estupendas. Ella recibió el piropo con absoluta indiferencia, no era hombre que valiera un estetoscopio.

Minerva volvió al hotel de lujo donde estaba citada con Xuan Xosé Alvariño Feito. El **cativo**, con esperanzas eróticas estimuladas por el consumo de langosta de La Coloma, había invitado a la doctora a contemplar la revista musical en el cabaret del hotel. Llegaron con el show a punto de empezar: La cantante Cachita López Lombillo del colectivo Aires del Caribe, interpretaba Unha noite na eira do trigo y una mulata en cueros en honor de la Xunta tocaba la gaita. Un gesto delicado del Gobierno Revolucionario. Alvariño lo agradeció emocionado. Estaba eufórico, pleno de vigor caribe y convencido de la exactitud de las palabras del Gran Almirante, con toda seguridad el primer gallego venido a estas tierras. Y la mulata de la gaita no estaba nada mal, recordaba a aquellas indias que en boca del Almirante lo recibieron como su madre las parió y estaba a la vista la certeza de aquellas palabras del Ministro de Salud: que con las facilidades médicas brindadas por el Gobierno, las madres parían mejores hijas que antes. Contempló a Minerva y supo que el descubridor había tenido razón en lo de las sirenas del Caribe que él también estaba ansioso de descubrirlas como su madre las parió, además que a mí me gustan educadas, la mulatica está bien pero con la doctora se puede aprender más fisiología.

Y mientras Alvariño Feito devoraba una langosta en gesto de solidaridad con el Tercer Mundo, Minerva soñaba —los enormes ojos cálidos abiertos— con el estetoscopio de técnica burguesa como se sueña con un amor breve, intenso, que perdemos para siempre en este valle de lágrimas sin siquiera tocar sus labios.

¿Bailamos, doctora Minerva? Patria o Muerte, pensó Minerva para sí, a quien no acababa de gustarle el Alvariño pero estaba dispuesta como toda la ciudadanía instruida a volcarse en atenciones a los visitantes.

Doctor, mañana no me saque usted una muela
aunque me muera de dolor

Hacia el tercer cha-cha-cha, Alvariño estimulado por la conjunción del daiquirí con la queimada, probó a hacerle un reconocimiento a la doctora y se encontró con un fuerte manotazo y la agresiva confesión: — A mí el pulpo a la gallega no me gusta.

El resto de la noche transcurrió para el enviado celta entre prematuras nostalgias del cuerpo de Minerva. Y para ésta entre ahogados suspiros de estetoscopio. Lo que se llama en siboney: un embarque total.

A la mañana siguiente el cativo Xuan Xosé, cuyo entusiasmo lo había llevado a brindar un parte de avance prematuro a sus colegas de viaje, tuvo que pergeñar una historia apócrifa sobre la expedición conquistadora del Mundo Nuevo a sus compañeros del reino de Galicia. Tiene una boquiña y una peiteira de rechupete y es que claro lo galego está moi perto, los abuelos vinieron de Betanzos y no es doctora de plan pero es muy aventajada en la fisiología. Xuan Xosé, picaronzuelu, tubiche moita sorte con la doutora. Alvariño se sonreía sinceramente cabreado.

Aquella noche Minerva no pudo conciliar el sueño. El recuerdo del estetoscopio la perseguía como una asignatura sin aprobar arrastrada por un año. Al día siguiente su estetoscopio se negó a funcionar cuando reconocía a un anciano jubilado del sindicato de estibadores víctima de un soplo cardiaco. Si había una mujer autocontrolada, ésa era Minerva que había resistido imperturbable el fuego de somalíes, angoleños y surafricanos mostrando más valor que sus colegas masculinos. Pero esta vez se derrumbó y se refugió llorando en el cuarto de señoras. A Minerva le pasaba lo que a muchas personas responsables: era capaz de soportar cualquier ordalía que a ella se refiriera, pero se desesperaba cuando no podía ayudar a aquéllos que de ella dependían. Al salir, pálida, con sus hermosos ojos reflejando el coraje de la tigresa de Bengala, había tomado la decisión final.

La noche siguiente, la doctora Minerva se atavió con sus mejores ropas y se dirigió al Hotel Nacional, el más clásico, el más antiguo, el que por setenta años había acogido a las mesnadas turísticas, desde los pioneros yanquis que tomaban vacaciones de la prohibición llenándose de bacardí el hígado, hasta los neoeuropeos cultores del cáncer del sol, pasando por los cosacos proletarios del Don de fama nuclear y los narcocolombianos que contribuían con cocadólares a los gastos de la revolución en países del hermano Caribe asegurando económicamente la liberación de los pueblos.

La piel blanca con reflejos de nácar de los hombros desnudos de Minerva resaltaba bajo el terciopelo del traje negro y contribuía, irremediablemente, a que la corteza cerebral del más indiferente macho de la especie, emitiera señales de incontrolable tentación. Al subir la minicolina frente al Malecón donde se asienta el hotel, las jineteras nocturnas del mundo nuevo prorrumpieron en exclamaciones de puta envidia frente a la advenediza. Bajo la protectora mirada de la policía revolucionaria, los turistas de ofertas especiales y las promotoras del desarrollo económico de la nación, discutían, al arrullo de las palmas, las operaciones de divisas duras. Una vivaz mulata de nalgas supernumerarias, cuya minifalda color naranja con heroico esfuerzo contenía su maxiculo, observó a la intrusa con profesional desdén, al par que glosaba:

—Compañeritas: no se asusten por ésa que viene ahí. No es más que una niña bitonga que no puee competil, y la verdá: debe sel muy aburrida en la cama. Y dirigiéndose a Minerva, que enrojecía y que hizo lo posible por ignorarla sin conseguirlo: —Aunque la mona se vista de seda... sin hombre se queda.

Ante la regocijada mirada de las jineteras un inversionista napolitano —guayabera coreana, pantalones de dril blanco y sombrero de yarey— entona Torna a Sorrento mientras agita entusiasta dos maracas de güiro y mango de majagua que ostentan en letras blancas la leyenda **Leninismo o Muerte**. Terminada la emotiva canción, mientras suenan los aplausos, el inversionista mira de senos a nalgas a la doctora —Sofía Loren no es, ni siquiera la nieta de Benito, concluye— y se decide por una jabadita oriental de caderas supernumerarias y busto vacuno. Una vieja peliteñida veterana del Habana Hilton de prácticas excomulgadas, contempla con cierta cansada lástima a Minerva y ésta hace un gesto de moribundo orgullo con los labios rojos y llenos; una rubia de mentiritas, vaqueros apretados en nalgas de algodón, joyería china falsa, se ríe, los dientes botados, en la cara de la doctora; una negra prieta de buen ver, pañuelo rojo de Santa Bárbara y vestido blanco que aprieta como faja de infante barrigón, aconseja a Minerva sinceramente que se vaya a la mierda, "mira, esta niña, aquí no tienes nada que hacer: nosotras somos la cátedra en la cama".

Moneda dura —necesidad de un refrigerador, de una lavadora japonesa o de unas libras de carne— piel canela y burgués internacional con pasaje de vuelta, famélico de hembrabarata. Azúcar y melado. Cada milímetro de piel femenina era placer en conserva.

Minerva trata, sólo trata, de, escapar de la angustia, contempla las palmas que se mecen en el jardín y las olas blancas que golpean allá abajo el muro, se va, se queda, se decide ahora, no, saldrá corriendo, no, vuelve, respira hondo, escupe al suelo.

Mira a los nuevos encomenderos que acechan los cuerpos de las nativas, tarda cierto tiempo en decidirse entre un rubio del Canadá y un francés moreno, ambos de buen ver. Si había que sacrificarse, al menos que no se tratara de una operación fisiológicamente desagradable. Difícil le era decidirse entre los dos, pero al fin se acercó al canadiense, más que por la figura de éste por la fama, frecuentemente inmerecida, que tenían en La Habana los turistas franceses de ser, además de cicateros, exigentes de extrañas prácticas a las que una profesional no podía someterse sin detrimento. Una no ha ido a la universidad para que le hagan eso.

Golpea el bolso vacío, cierra los ojos, dice Patria o Muerte, se santigua, se acerca al rubio con paso nervioso y una sonrimueca. El turicabrón la examina de anatomía. Tiene dinero y ocio y voluntad de escoger en calma, para Minerva cada segundo es una bofetada. Quiere decirle vete a la mierda en inglés pero no recuerda las palabras y además piensa en el estetoscopio, lo tendrá así tenga que matar, no importa salvaré vidas que valen lo que ninguno de estos miserables con dólares, un momento de fisiología barata y eso es todo, lástima no ser una viuda negra y clavarles el veneno toda mujer debería tener un aguijón en las caderas para vengarse de tanto cabrón como hay en la cama, patria o mierda, venceré yo y todas las cubanas yo y todas las mujeres de este putomundo venceremos.

— ¿How much for singar?— interroga brutalmente el hijo de Ottawa mientras aprecia la superficie útil de Minerva.

Se siente desnudada por los ojos azules, fríos, de economía camera de mercado. Se llena de valor, piensa un instante en la imagen budista del loto blanco que, en medio del pantano mefítico, vive sin perder su pureza, Sagrado Corazón de Jesús, traga saliva y musita en voz dulce:

— Son cuatrocientos dólares (Minerva reservaba el veinticinco por ciento para la policía revolucionaria, dos de cuyos números a cierta distancia, bajo los cocoteros, vigilaban la operación en solidario silencio).

— You must be crazy.

El canadiense se enfrascó en un análisis de mercado. Señaló para la docena de maturrangas del Caribe que deambulaban sus nalgas en los jardines del Nacional y dijo con insolencia: — Las mulatas están a dos por ochenta dólares y hasta te la...

— Desvergonzado ¿quién se ha creído que soy yo? Soy una profesional que vivo de mi trabajo.

— De eso no me cabe la menor duda.

Minerva se alejó escoltada por las miradas apreciativas de los dos policías revolucionarios que parecían ser de orientación marxista-tomajona. Que no me vean llorar, son unos buitres. Ni siquiera se acercó al francés morenito que le hacía señas obscenas.

Mientras, después de quitarse los tacones, que convenía no gastar, camina las veinte calles (no era cuestión de esperar por un autobús abarrotado para que la sobaran a una) que la separan de su casa, esquivando las ávidas pero insolentes miradas de sus compatriotas, Minerva trata de reflexionar sin lograrlo. No puede apartar su mente de la sensación de vergüenza y desamparo, mejor hubiera sido morir en el Ogaden cuando un somalí de flotantes vestiduras y blanco turbante, gritando Allah Akbar, atacó la ambulancia con una lanza de palo y un amuleto, mejor hubiera sido no haber entrado nunca en la facultad de medicina, mejor hubiera sido haber escapado al Miami revuelto y brutal, mejor... sosiégate, Minerva, todo problema en esta vida tiene su solución solía decir tío Francisco, pero es mentira, es una mentira horrible, mejor fusilada en los fosos de la Cabaña por contrarrevolucionaria. Llegó a la casa, un último vestigio de razón la impulsó a quitarse la ropa antes de arrojarse al lecho, para no ajar el mejor de sus vestidos, y luego de esto se entregó a la desesperación. Horas de insomnio y de golpear la almohada, levantarse, volverse a acostar, tomar el teléfono, soltarlo con asco, maldecir a los dioses Esculapio, Venus, Marte, Mercurio, Panacea, Higea, Hipócrates, Júpiter, el dios local de la Plaza de la Revolución.

Al día siguiente, respondiendo a la llamada, el afortunado Alvariño Feito viajó de Varadero a La Habana. Se reunieron en el bar del Capri. Esta vez fue Minerva quien para apurar rápidamente la cicuta, le dijo sin preámbulos:

— Serán trescientos dólares.

Xuan Xosé sintió la perdigonada en el alma. Un claro de luna tropical al arrullo de las palmas, se le había tornado en operación de bolso. — ¡Una profesional de Hipócrates! La hembra más seria puede encerrar en un cuerpo de diosa griega, el cálculo de un inversionista de Wall Street. Luego calculó de memoria son como treinta y cinco mil pesetas, examinó a Minerva como los chalanes en la feria de Lugo a las vacas. No es que la doctora estuviera mal —repasó en silencio pechos, boca, caderas y miró debajo de la mesa, con cierta discreción, para comprobar la calidad de muslos que, generosamente, revelaba la minifalda— pero las mulatas resultaban más económicas y seguramente más desvergonzadas.

— No soy una cualquiera, me debo a mi profesión, dijo Minerva, escupiendo con desdén las palabras.

— Claro que no, si hasta tienes la medalla de oro de Leonid Brezhnev— dijo Xuan Xosé que, debido a su origen político, era muy respetuoso de las jerarquías.

— Vete a la mierda, gallego.

La doctora echó a correr por la calle veintitrés, seguida de Alvariño que hacía sus esfuerzos por aplacarla, recapacita

Minerviña. — Sí, gallego, vete a la merda. Merda o Morte. Venceremos.

A Xuan Xosé, mientras la veía marcharse, se le hacía un nudo en la garganta. Esa noche hizo unas cuantas llamadas telefónicas y, de madrugada, se apareció en el apartamento de Minerva. Llevaba trescientos dólares en billetes de Lincoln, Jefferson y Washington.

Minerva empieza a desnudarse con una pasión tan intensa tan fuera de sí tan entregada como si fuera a hacerse una radiografía de la pelvis.

El la contempla con la arrogancia posesiva conque los negreros de Lagos y de Angola, el siglo pasado, contemplaban el cuerpo desnudo de la más bella de las jóvenes yorubas o congas comprada por un collar de vidrio, una tela de colores y una botella de aguardiente, a punto de ser exportada a La Habana para consumo de los marineros internacionales, habrá que bautizarla primero, así le salvaremos el alma antes de joderle el cuerpo. Lenta, voluptosamente, disfruta el paisaje: desde los redondos, desnudos hombros, hasta los muslos tersos, vigorosos, pellizcables, con parada especial ante los erguidos, olorosos pechos cuasi comestibles.

"No hay nada en el mundo como estas gallegas del Caribe. Y aunque no sean mulatas, algo se les pega."

Alvariño en la cama es muy sensitivo. Antes de tocar, recita a Minerva una poesía de Castro (Rosalía).

Cuando ella cierra los ojos, él sospecha que es de éxtasis. Y reconoce, sin falsa modestia, que se ha portado como todo un hombre.

— Cativa —le murmura al oído.

Comenzó a vestirse, toda sepultada en silencio.

La doctora Minerva estrenó el estetoscopio en el anciano estibador, enfermo de enfisema. Mientras escuchaba solícita los murmullos del corazón renqueante, Minerva recordaba con la satisfacción del deber cumplido el juramento de Hipócrates que había pronunciado, en nombre de todos los estudiantes de su curso, el día de la graduación, frente a la estatua del Alma Mater:

"Juro por Apolo, médico, y por Esculapio y por Higea y Panacea y por todos los dioses y diosas a cuyo testimonio apelo, que este mi juramento será cumplido hasta donde yo tenga poder y discernimiento:

"Estableceré el mejor tratamiento de los enfermos, el cual de acuerdo con mi poder y discernimiento será, como mi conducta, exclusivamente en su beneficio y provecho.

"... en cualquier habitación humana en la que entre será en beneficio de los enfermos, absteniéndome de toda falta voluntaria o corrupción y de lascivia con las mujeres u hombres, ricos o pobres, libres o esclavos.

"Guardaré silencio sobre todo lo que en mi profesión o fuera de ella oiga o vea en la vida de los hombres que no deba ser público, manteniendo estas cosas de forma que no pueda hablarse de ellas.

"Si cumplo este juramento y no lo rompo, que los frutos de la vida y del arte sean míos".

24

Hernán, a poco de cumplir su condena, e inhabilitado de por vida para ejercer la docencia, se inició en la peregrinación del desempleado. Después de unos cuantos palos de ciego, fue a visitar a tío Gonzalo en busca de orientación.

— Tampoco tengo yo trabajo regular, Hernán, y es lógico. Se puede contratar a un capitalista o a un batistiano porque en ambos cabe el mea culpa que todo sistema totalitario necesita para subsistir. Pero un revolucionario que rechaza toda dictadura, aunque sea la de "los nuestros", es un testigo insoportable, de una u otra forma lo suprimirán.

— ¿Y qué vas a hacer, tío? Volver a la cárcel es muy duro... la cárcel cambia la personalidad, uno aprende que el infierno existe...

— Seguiré haciendo lo que he hecho toda mi vida.

— ¿Pero es que podrás hacer algo con estos cabrones de masas?

— Para el Gobierno Revolucionario, la Revolución tiene la misma importancia que tenía Cristo para los cardenales del Renacimiento: Es algo para que crean los demás. Y sobre todo, contribuyan.

— Tío, no estarás pensando en hacer una revolución para derrocar el paraíso terrenal del Caribe. Pudiste hacer revolución contra la otra dictadura porque no tenían más armas que tanquetas de desecho de la Guerra Mundial ni más dirección que la de cacogenerales, preferentemente preocupados por saquear los suministros y hacer combatir a los soldados sin botas.

— La revolución de la bomba, el atentado y la sangre, ya no me interesa. Nunca tantos han muerto por tan poco.

— ¿Me vas a decir que vas a convertir a la revolución del amor, a esta nomenklatura de micrófono y dulce de guayaba?

— Cuba no se arreglará hasta que el cubano ame al cubano la mitad de lo que se ama a sí mismo.

— Casi tan difícil como que el majá eche pelo. Y además: el cubano jodido odia al otro cubano tanto como a sí mismo.

— Tengo fe en Cuba, Hernán. Siempre nos hemos recuperado de todas las catástrofes: somos la Isla de Corcho. No hay mar que nos hunda.

— El cubano ama mucho la vida. Somos gozones por naturaleza.

— Cierto y cada vez queda menos que gozar, salvo el sexo opuesto. Los que gozan más son los extranjeros que pueden irse cuando les salga y aprovechar el trópico mientras se deja aprovechar, y algunos —cada vez menos— de la nomenklatura de la guayaba: los irresponsables. Y desde luego, el profeta que sueña con el Holocausto de los siboneyes para pasar al Walhalla de los dioses.

— Una cosa es clara —aseguró Hernán— la Historia no va a absolver a nadie ni un carajo.

25

En el mar como en la cárcel, el tiempo es distinto. El hombre es la cáscara de avellana con el fondo agujereado por los días. El mar y el tiempo, indispensables al juego, disfrutan como el gato su poder. Y a veces brindan oportunidades de salvación. La suerte en el mar está con el hombre, si el hombre tiene suerte. O sea: nada.

El mar es el mejor amigo del hombre —nos decía la maestra en la escuela. Era la época de la consigna: cada cubano, un marino. Luego tuvieron que quitarla, parecía una invitación para que los cubanos escaparan cruzando el estrecho. La maestra traía a clase corales y esponjas de Batabanó y caballitos de mar. No somos una isla, somos un archipiélago, nuestro destino está en el mar como el de Japón y Gran Bretaña. Somos la llave del Golfo y así lo dibujaron en nuestro escudo los padres de la patria. Y por ser la llave estratégica todos nos codiciaron: los gallegos, los piratas, los yanquis, los soviéticos, los chulos.

Roto el cielo azul por nubes negras como del odio del mar. Goterones de lluvia vuelven al océano. Golpea el viento las mejillas, los labios.

Mabuya, el dios taíno del huracán y el mal, ha hecho huír el sol. El recoge el mástil. Nada que hacer salvo esperar que la cólera de Mabuya sea leve. ¿Es el mar o la mar? Si es la mar, es puta. De niño me reía de los huracanes y salía, despreciando todos los regaños, hasta el parque Maceo donde llegaban las olas saltando, fieras, el muro del Malecón y llenando de espuma los viejos cañones de Trubia, que por doscientos años habían amenazado el mar que nunca se dió por enterado. Cuando se instalaron los cañones asturianos, ya los piratas se habían ido: la mayoría se incorporó a la marina de guerra de las potencias navales. No cambiaron mucho de trabajo.

Lo único necesario es no tener miedo al mar. Los taínos sacrificaban una tortuga verde de gran tamaño en la esperanza de aplacarlo y el behique repartía la carne con la que se hacía sopa. Tal vez éste fue el inicio del soborno a la policía en nuestro país. En todo caso era algo que hacer y el hombre es tan infeliz que se tranquiliza si tiene algo que hacer, aunque sea inútil. Por culpa de Colón ya no vivimos en la deliciosa inocencia de los taínos y sabemos que en el mar, en un bote insignificante, no hay nada que hacer si sopla el huracán. El bote no navega, salta y cae y ya no hay el consuelo de imprecar a Mabuya. Los rabihorcados y unos pájaros blancos que no sé qué son han huído del cielo. Sólo quedan nubes negras y algún rayo de sol cobardito. Esperar. Un poco de huracán, si es moderado, hace al hombre más valiente, y si no, lo deshace con relativa rapidez, lo que sea, pero que sea pronto como decimos en el barrio.

Mi bote es de corcho como mi Isla. Patria, sí, muerte no. Mabuya me está empujando hacia el sur, más bien sur-suroeste y añadiendo horas o días extra al viaje suponiendo que concluya en alguna tierra. La embarcación desciende como para sepultarse en una ola y luego torna a lo más alto de la cresta blanca y azul y salta el mar dentro del bote pero no mucho y así esperemos la próxima. Y era negro el mar azul.

El mástil a merced del viento va a volcar el bote. Y él golpea el mástil con el machete, pero ¿quién ha visto tratar de cortar un mástil con un machete? y no hay otra cosa y descarga la hoja de acero con todas sus fuerzas y roe, más que corta, el mástil y la madera pobre cede al acero y, arroja el mástil al mar, la última y golpeante ola y de momento uno se ha salvado pero se queda sin mástil y sin libertad de navegar.

Unos golpes son lentos, sorpresivos, insidiosos y otros son de olas bruscas y ruidosas que parecen van a hundirnos, otras son olas publicitarias que vienen anunciándose desde lejos en colosal estatura y cuando llegan la energía se les ha ido en anuncio como a los productos comerciales. Las olas son música del tiempo eterno pero en el huracán son siempre música contemporánea, rica en disonancias. El hombre es el espectador que se ha colado en la cazuela del teatro y que de un momento a otro puede ser expulsado por el portero. Y cualquier ola puede ser la última.

De niño le gustaba correr las olas. Jugar al miedo que no era verdaderamente miedo porque entonces las olas revolcaban pero no ahogaban. El bote, ahora, era un cuerpo extraño que las olas, algo así como leucocitos, rechazaban y el hombre era bacteria. Traga agua salada por nariz y boca, vomita en el mar y el mar le hace tragar más, antes de que se haya repuesto otra ola lo golpea en la cara, le arde la sal en los ojos, ruido de olas, cháchara de brujas; el mar es la mejor alambrada de púas, sin mar no hay tiranía, deja escapar a unos sí y a otros no, y como en la ruleta no se sabe antes de jugar quien gana, me cago en la mar. Botes hechos para pescar a tres millas atraviesan trescientos en círculos inacabables de corrientes, olas, nubes, sol de infierno que cincuenta millas al sureste tuesta amoroso los desnudos pechos de despreocupadas turistas de la burguesía internacional y las calvas de tiburones ejecutivos en las playas ex-vírgenes, subastadas por el gobierno al mejor capitalista patriaomuerte.

Y la siguiente ola rompe las jarcias gastadas y se lleva dos remos y él salva los otros dos, abrazándose a ellos hasta que el bote se endereza y hay un instante de respiro y se consuela porque quedan dos y queda él. Y no es cuestión de voluntad sino de suerte, esta vez perdió Mabuya.

Y si fuera como su madre y como el tío Gonzalo y como la madre de Dámaso, se habría encomendado a la Virgen de la Caridad, la que salvó a los tres naúfragos en la bahía de Nipe, pero Hernán, desde el fracaso de la Revolución no creía en milagros. Y además estaba seguro de que al negrito de la Caridad cuyas oraciones salvaron a él y a sus dos compañeros en el bote, hoy en día lo hubieran encerrado en un campo de concentración por supersticioso con el propósito de que mejorara su conciencia política.

El bataneo constante del oleaje, las bofetadas del viento caliente le provocaban mareo irreprimible, dolor en las sienes, pesadez en los párpados; luego aparecían breves instantes de indiferencia en que no sentía nada.

Y cada ola era un empezar a morir de nuevo. Y una ola arrebató la radio que le diera Vivian y lo privó de escuchar a otro ser humano. Y se escaparon un remo más y luego el otro y el agua dulce y el último racimo de uvas caletas que había recogido en el cayo y llegaban dentro del bote el agua salada y unas algas sucias y ásperas y él arrojándolas de nuevo. Pero siempre perdiendo, lentamente, la guerra con el mar que entraba más de lo que él podía echar, y a veces el inesperado golpe de suerte y se revertían los términos y el viento parecía aquietarse y hasta ofrecer excusas al hombre con el capricho natural del niño que se calla para recoger fuerzas y gritar más un momento más tarde. Y él dejó de sentir el malestar.

26

Luego de cumplir su libertad de expresión en la cárcel, Gonzalo había pasado varios años en aislamiento, sin ver a nadie más que a su familia, Hernán y algún que otro amigo que se aventuraba a correr el riesgo de ser reportado por el comité de defensa del barrio, que tenía entre sus prioridades informar sobre quienes visitaban al ex-preso.

Gonzalo no tenía empleo fijo pero su mujer, sí. Al poco tiempo ésta se divorció. Uno de esos divorcios que llaman amigables.

Gonzalo volvió a reunirse con algunos amigos, pero con mayor cautela. Y un día, el régimen, que se sentía obligado a mejorar la imagen internacional, después del colapso de los gobiernos hermanos en Europa del Este, cambió de táctica. Los corresponsales extranjeros y los defensores de los derechos humanos en la Isla de Corcho aprendieron a jugar a la ruleta rusa. Podían hablar un poco entre sí, pero no todo. El problema era que los límites no estaban fijados y de vez en cuando algún corresponsal era invitado a irse del país cuando no le rompían la cámara fotográfica. En cuanto a los disidentes, las reglas eran aún más vagas, entre otras cosas porque si bien no se querían más protestas internacionales por atentados a la libertad de opinión, por otra parte era claro que la libertad de opinión era algo que un gobierno responsable estaba obligado a perseguir para evitar amenazas al principio de unanimidad de que gozaba el país en un grado que nos envidiaban otras naciones.

Tío Gonzalo se había casado por segunda vez "aunque estos no son tiempos para casarse" según le había reconocido a Hernán.

— Y sin embargo, cuanto más absurdo es el tiempo en que vivimos, más necesita uno a una mujer con quien compartirlo. El absurdo con mujer buena es menos absurdo.

La nueva mujer y el hijo que vino pronto, hicieron a Gonzalo más cauteloso, y a veces más silencioso, pero no lo domaron. Sin embargo no se podía aventurar más allá de los límites de la jaula que trazaban los guardianes del zoológico con generosidad variable. Como el tiempo.

*

El Gobierno Cubano era el legítimo heredero de José Martí y consecuentemente respetaba la libertad humana más que ningún otro gobierno de habla española. Este hecho era reconocido unánimamente por los ciudadanos. Al menos por todos aquéllos —una sólida mayoría— que no estaban interesados en gastar cuatro años en campos de reeducación.

Gonzalo no podía quejarse, había salido con suerte de la pedrada —aparte de un hilo de sangre en la barbilla— y meditaba, como lo había hecho otras veces en las palabras de Martí: "Un principio justo desde el fondo de una cueva, puede más que un ejército" Hermosa idea. ¿Sería también verdad?

Hacía media hora que, frente a su casa, había finalizado el **acto de repudio** que con espontaneidad policíaca habían ejecutado las masas. Los actos de repudio —pensaba Gonzalo— han sido presentados como la contribución original de nuestro régimen al gobierno de los pueblos. Y sin embargo su creación se debe a la Mazorca de Rosas en el Río de la Plata. Y el pobre Sarmiento creyó que su **Facundo** ¡había aniquilado la Mazorca! Hela aquí emigrando de las pampas al Caribe en ciento cincuenta años. El eterno retorno que sueña todo bendito dictador.

Una lectura cuidadosa de las Obras Completas de Martí revelaba que en ninguna de sus miles de páginas escritas, el Apóstol caído en Dos Ríos, había recomendado los "actos de repudio", imperdonable omisión que el Gobierno se encargaba de enmendar para hacer buena su condición de heredero del escritor de "El presidio político". Y es que el marxismo de las maracas invocaba a Martí con la misma devoción conque los fascistas acribillaron a Lorca a balazos en nombre del Calvario.

Cuando las masas comenzaron a congregarse en la acera, en forma que recordaba a los pájaros de la película de Hitchcock, Gonzalo envió al niño con Lucía a casa de los padres de ésta. Quería ahorrarles el espectáculo del odio. Después del anterior acto de repudio, Pedrito se había negado a volver a la escuela. "Tu padre es un repudiado", le gritaban varios niños sin estar muy seguros de lo que era, salvo que algo malo tenía que ser.

El acto no empezó hasta que se juntaron más de doscientos congregantes de San Feliks Dzerzhinsky, el noble polaco que fundara la noble Orden de la KGB. El número revelaba la importancia concedida a Gonzalo por las autoridades. Algunos de los vecinos cerraban las ventanas en disgusto, otros se asomaban para contemplar el espectáculo. Los oradores, con diferentes grados de enjundia, coincidieron en el punto fundamental: Gonzalo era un calumniador de su patria que inventaba leyendas sobre la carencia de derechos humanos cuando el país era ejemplo para el mundo de democracia y libertad. Algún orador más entusiasta que sus compañeros, reclamó paredón para el traidor. La Revolución había sido demasiado benévola con los pequeños burgueses. Había que hacer una limpieza ideológica. Una pequeña orquesta interpretó la Internacional que luego cambió para algo que parecía la Chambelona, coreada por el auditorio. Un altoparlante invitó a los vecinos que tuvieran conciencia patriótica, a unirse al acto espontáneo y algunos lo hicieron. Al ver la aparente tranquilidad de Gonzalo, que había perdido el miedo al mandar al niño y a Lucía afuera, algunos de los patriotas arrojaron piedras contra las ventanas. Lástima de vidrio, pensaba, que en este país no hay como reponerlo. Se apartó lo más que pudo hacia el interior, pero no pudo evitar que un pedrusco hiciera contacto con su barbilla, pero por lo demás sin novedad.

Pensaba que había tenido suerte, los unánimes sólo habían arrojado piedras. Y las acusaciones por esta vez, no habían ido más allá de imputarle mendaces sentencias pronunciadas delante de corresponsales de la prensa burguesa internacional. Y en Cuba se puede vivir sin vidrio en las ventanas, no era el caso de Buenos Aires donde sí había verdadero invierno. Y fue peor lo que le hicieron a aquélla que la arrastraron por la escalera, tirándole de los cabellos y para colmo fue a ella a quien pusieron presa, pero eso de escribir versos y criticar a la autoridad está muy mal visto, hay el antecedente de Quevedo que tampoco lo pasó muy bien y eso que Felipe IV no era, que se sepa, marxista-leninista. Y la barbilla ya no me duele, y el niño, esta vez, no vio nada. Tomó el teléfono para decirle a Lucía que se quedaran la noche en casa de los abuelos, pero no funcionaba. Lo habrán cortado, se ve que los espontáneos tienen apoyo espontáneo en la Telefónica. Y Lucía estará llamando y se desesperará sin saber qué ha pasado. Pensó en ir a llamar a casa de un vecino, pero no quería comprometerlo. Tal vez Lucía llamó a alguien, sí, habrá llamado a alguien y al menos sabrá que no me han llevado preso. "¿Y vale la pena seguir así?" Sí, vale la pena. Alguien tiene que atreverse a hablar alguna que otra vez y ahora me pasaré un mes sin hablar para que Pedrito no tenga que salir corriendo y llorando de casa. Y al mes siguiente Dios proveerá. Y algún día podremos ser libres o podremos ser muertos, como dijo Fidel cuando luchábamos todos por la libertad; Martí murió, mi hermano murió y yo no soy nadie y Lucía hará que Pedrito crezca siendo un hombre y algún día, Dios dará una mano a la Isla de Corcho aunque yo no vea la mano y ay aunque a veces piense que Dios está manco, Dios me perdone el pensar.

Y acababa de recibir un periódico del Norte donde un exilado desde la comodidad de su piscina olímpica y trago de whisky, lanzaba contra él su condena, asegurando que Gonzalo era una "pala" al servicio del régimen. Un amigo animó a Gonzalo para que contestara. ¿Para qué?

Una piedra lo arrancó de sus meditaciones. Habían vuelto. Si no todos, los más valientes, los más patrióticos.

No podía negarse que la Mazorca Caribe era disciplinadamente dedicada a las labores propias de su oficio —pensó Gonzalo. Si emplearan el mismo celo para trabajar, la situación de abastecimientos en toda la Isla rica —ciento diez mil kilómetros cuadrados de tierra mayormente fértil, dos cosechas, plenitud de agua y sol, etc.— mejoraría notablemente, y hasta sobrarían divisas para importar. Lástima de mal dirigidos esfuerzos. Pero tirar piedras era más fácil que trabajar y sobre todo que lo ascienden a uno más rápido. También se suda menos.

Una pedrada en el hombro. Se parapetó detrás del colchón. En la calle aumentaba la gritería y se escuchaban cantos a tono con las normas oficiales de decencia humana. Entre todas las voces se destacaba el ritmo tropical del afamado conjunto de salsa The Dignidad Cuban Boys.

El hombro no le sangró, menos mal, pero la barbilla seguía sangrando y le hizo recordar el otro golpe, casi en el mismo sitio, bueno algo más arriba, junto al labio, al capitán lo había exasperado su manera de evadir las respuestas y le había pegado un puñetazo con el anillo de plata del 10 de Marzo, conmemorativo de la dictadura de Batista con cabeza de indio y que ostentaba con el orgullo de oficial distinguido en el servicio, de esto hacía ya más de treinta años y ocurrió en aquella estación de policía que destruímos luego e hicimos en su lugar un parque para los niños que íbamos a hacer felices y cuya felicidad duró lo que el merengue a la puerta de un colegio. Y había sangrado por un rato, el capitán era forzudo y bruto y el anillo grande e insolente, hasta que por fin se apareció en el calabozo de cemento y peste,un viejo sargento mulato que le curó la herida casi con cariño o al menos con lástima, muchacho no te metas en revoluciones que engañan más que las mujeres, le dijo el viejo, el cual parecía avergonzado, pero aquel golpe dolía poco porque estaba seguro de que cualquiera que fuera su destino, así lo sacaran del calabozo para pegarle más duro, la Revolución estaba a punto de triunfar y terminarían para siempre los golpes a presos indefensos. Ningún revolucionario, que sabe lo que son los golpes de la policía, podrá pegarle a un preso.

Y tanto joderse uno, para que hoy una asociación de soplones, que dicen ser revolucionarios, vengan a tirarte piedras a tu propia casa como si no hubiera nunca verdaderas revoluciones sino únicamente eternas dictaduras con diferentes onomásticos. Y cárceles benéficas para el ser humano. Esa víctima del Poder, de todos los poderes.

Aquel cristal roto. No importa.

27

Sin remos, abandonado a la corriente que algún día lo llevaría a alguna parte, tenía todo el tiempo para pensar. Y ahora estaba recordando a su prima Lourdes, la hija del primer matrimonio de Gonzalo, su prima predilecta aunque siempre estuvieran discutiendo sin solución posible. Lourdes era maestra, una maestra buena y sacrificada como pocas, adorada por sus estudiantes, respetada por sus colegas, envidiada por los incapaces. También era miembro del comité de defensa de su calle, responsable de trabajo voluntario en el corte de caña y en la recogida del tomate y Joven Comunista. Lourdes quería a su familia y al Gobierno Revolucionario: adoraba a Gonzalo y adoraba a Fidel y por cualquiera de los dos estaba dispuesta a sacrificar su vida. Lo que más le dolía era que su padre estuviera en la lista oficial de gusanos internos.

Cuando Gonzalo estaba cumpliendo su condena de cuatro años por hablar mierda contra los Poderes del Estado, Lourdes iba a visitarlo tres veces por semana y sacrificaba su magra ración para llevarle pequeños regalos de comida: con Gonzalo pretendía que se lo obsequiaban sus amistades, cosa que no creía ninguno de los dos.

Cuando salió de la cárcel Gonzalo, Lourdes le pidió: — Papá, tienes que integrarte. Aprovecha que aún queda gente en el Gobierno que te respeta en lo personal.

Gonzalo respondió, triste: — Hija, lo haría por ti y quizá hasta por ellos, pero eso sería traicionar a la Revolución.

— Estás loco, papá ¿cómo puedes decir ese disparate?

— Lourdes, mija, para mí la Revolución es, ante todo, el respeto a los que murieron por ella, entre ellos mi hermano: Libertad o Muerte no era consigna para engañar al público hasta que uno se encaramara al poder. Era el credo de la Revolución que daba fuerza para resistir el miedo y la tortura. Era tan cierto que entregaron su propia vida. El día que me señales a un compañero que hubiera muerto para establecer otra dictadura, ese día y no antes, pensaré en complacerte.

Lourdes cambió la dirección de su disgusto: — La culpa la tienen esos corresponsales gallegos.

— Españoles, Lourdes.

— Da igual, en Cuba todos los españoles son gallegos, hasta los catalanes. Lo que yo sé, papá, es que esos periodistas vienen a verte para luego fabricar sus patrañas y poner a nuestra Revolución marxista-leninista a la altura del arroz con mango.

— Es que lo está, Lurdita, lo está.

La prima Lourdes marchó desconsolada y fue a ver a Hernán.
— Si papá sigue criticando al Gobierno Revolucionario, volverá a la cárcel y yo no podré salvarlo, lo sé, Hernán, lo sé por mis amigos, ellos me tienen lástima por ser hija de gusano, pero no pueden hacer nada. La ley es la ley: criticar al Gobierno es hacer contrarrevolución.

— Lourdes, amor, tu padre cree que es su deber defender los derechos humanos en Cuba, por ellos lucharon él y mi padre. Es imposible que actúe de otra manera.

— Es que yo también tengo derechos humanos: el derecho a no volverme loca. Y me volveré si los míos matan a mi padre. Y déjense tú y él de darse cabezazos contra la pared, la Revolución está tan fuerte como un muro.

— Sí, el muro de Berlín.

— Déjate de hacer bromas contrarrevolucionarias que tú también vas a terminar en la cárcel por criticón. No puedo soportar que papá caiga preso otra vez, yo sé que esta vez moriría en la cárcel. Ayúdame si todavía me tienes una pizca de cariño, eres el único de la familia con quien se puede hablar, aunque también seas...

— gusano.

— No quise decir eso, Hernán.

— Solamente lo piensas, pero no te culpo, es inevitable que lo veas así; en esta atmósfera de odio sagrado el que no desprecia al disidente no es patriota y, en el mejor de los casos, merece el paredón. Así construímos una república con todos y para todos. Como soñó Martí.

— Ahora no es tiempo para tus sarcasmos. Ayúdame a salvar a papá.

— Es que no tengo influencia con tío Gonzalo y si la tuviera no la usaría para eso. Respeto la rebeldía de tu padre que no luchó para cambiar una dictadura por otra.

— No es más que una dictadura temporal, Hernán.

— Sí, treinta y cuatro años de temporal. Menos vivió Cristo.

Se separaron, húmedos los ojos.

28

De costado a costado el mar barre el bote. Olas, espuma, algas de verde negro que huelen a peces muertos, y una enorme medusa de largos filamentos urticantes que arroja el mar en la embarcación. Y una ola más fuerte que rompe un trozo del banco que había resistido centenares de golpes.

El asqueroso monstruo es el llamado carabela portuguesa: el cuerpo de un azul desvaído, los tentáculos más largos que el bote, delgados como patas de una gigantesca tarántula peluda; al azotar la piel de un hombre la cubren de ronchas insufribles, y en algún caso pueden llegar a matar a un individuo debilitado con su ponzoña, y en la posibilidad más benigna ofrecen una temporada en el ardor del infierno a quien no tiene antídoto. Es el terror de bañistas y pescadores cuando surge por sorpresa entre las aguas y ataca de súbito. De su imagen cargada de tentáculos deben haber sacado los griegos la mitología de la Gorgona, hay que cortarlos todos antes de que te piquen.

Con la madera rota y el miedo empuja la carabela que brilla tornasolada y mueve los tentáculos, por encima de la borda. No ha recibido un solo latigazo de veneno. Los tentáculos se agitan en el mar. Siente un breve, intenso júbilo, es el miedo que huye. Tiene ganas de bailar un danzón.

Milagros no ocurren todos los días.

*

El compañero Eleuterio Ferrer Carballo era uno de los principales responsables de las **Brigadas de Respuesta Rápida** de la circunscripción de Centro Habana. Las Brigadas eran lo más moderno que se conocía en el desarrollo de instituciones democráticas. Eleuterio recibió disciplinadamente el encargo de organizar un acto de repudio espontáneo.

Cuando se presentó a Juancho, el compañero jefe, para recibir el programa, Eleuterio frunció el entrecejo al advertir el nombre del homenajeado del día. El compañero responsable observaba su reacción atentamente.

— Es que... —balbuceó Eleuterio.

— ¿Sucede algo, compañero?

— Es que el gusano de turno... bueno el gusano es el padre de Lourdes, mi novia...

— Lo sabemos. Y la compañera Lourdes es una compañera excelente, una revolucionaria de Marxismo-Leninismo o Muerte, pero cada uno es responsable por sus actos, y ella tiene un padre gusano. Y de la peor especie que es la del revolucionario transformado en gusano.

— Quisiera, compañero Juancho, que la Revolución me excusara de realizar este servicio.

— Yo podría hacerlo, Eleuterio, pero a usted no le conviene.

— ¿Qué quiere decir, compañero?

— Que esta Revolución es comprensiva y flexible si las hay: "Dentro de la Revolución, todo" pero también que la Revolución no reconoce privilegios personales fuera de la Revolución. Si usted dirige el acto de repudio frente a la casa de ese hijo de puta, probará que para usted no existe ningún prejuicio personal cuando de servir a su Patria se trate. Sólo los burgueses se creen que la consigna Patria o Muerte es retórica, nosotros sabemos lo que quiere decir.

—Sí...

—Entonces...

—Ruego que se me excuse. Sólo pido ese favor.

—Concedido, compañero, pero no deja de ser una vacilación y por eso quería darle la oportunidad de demostrar su calibre revolucionario...

—Lo sé. Y gracias, compañero.

En el expediente confidencial del compañero Eleuterio Ferrer Carballo se consignó una nota en tinta roja.

El jefe de Eleuterio tenía para algunos, fama de sectario. Y para otros, de administrador eficiente, un líder que sabía como obtener el rendimiento máximo: la virtud incondicional. Y Juancho sabía por experiencia que sin unos miles de compañeros incondicionales no había dictadura que pudiera sobrevivir por largo tiempo.

Eleuterio se pasó la tarde pensando en Lourdes.

*

Lourdes y su novio se encuentran en el cuarto de un compañero de Eleuterio. Hace tiempo que quieren casarse pero se construye poco y la lista de espera es larga. El jefe de Eleuterio, hombre de múltiples enchufes de carácter **sociolisto**, le ha prometido **resolver** pronto. Aunque hay listas, no todas las listas son iguales y hay que considerar que el compañero Eleuterio es trabajador y un elemento indispensable en las Brigadas de Respuesta Rápida que son la última palabra en prevenir que las turbas burguesas se comporten como los asesinos de Ceaucescu o los fascistas de Solidaridad en Varsovia. En el Caribe no habrá vacilaciones ideológicas porque hay Brigadas de Respuesta.

Lourdes y Eleuterio se besan con pasión. Eleuterio quiere pasar a la respuesta rápida, pero Lourdes lo rechaza con cierta brusquedad, ella que es la delicadeza misma.

— No, hoy no.

Lourdes tiene la cara desencajada, grandes ojeras y señales de haber llorado. —Pero ¿qué te pasa? Dime que te pasa, mi amor. Lourdes no contesta y se echa a llorar. — Deja de llorar, mi vida, haré cualquier cosa para que dejes de llorar. Habla, dime que te pasa, anda amor.

— Han realizado un acto de repudio contra papá.

Apedrearon la casa. Mi hermanito tuvo que salir huyendo. Papá salió bien: solamente recibió una pedrada, pero le han acabado con todas las ventanas y no hay vidrios para él, y entrará agua y mi hermanito no tiene buena salud y mi padre ya no es joven y yo no puedo más. Dime ¿por qué son necesarios los actos de repudio? Yo comprendo que de tarde en tarde es necesario asustar a los gusanos que hacen cola frente a las embajadas burguesas, acepto —aunque a mí no me gusta— que de vez en cuando un gusano de los verdaderamente dañinos, reciba una paliza por hablar mierda, pero ¿por qué frente a sus familias? sufren las familias y no el gusano, y los niños nacen para ser felices ¿es que mi hermanito no es un niño? ¿se puede ser gusano desde tan pequeño?.

Y mi padre ni conspira ni escribe en el exterior contra el Gobierno Revolucionario, ni hace otra cosa que soñar, con un puñado de locos, en una Cuba cristiana, claro que está equivocado ¿pero es realmente un miembro de la gusanera? Lo único malo, es que alguna vez concede entrevistas a esos buitres de la prensa gallega y francesa y al italiano ése de mierda que parece se va a tener que ir del país para que no calumnie más a la Revolución, pero si papá es culpable de esto, que lo castiguen de otra manera, pero que no castiguen a mi hermanito, ni lo castiguen a él así, es un vejamen y él luchó por la Revolución y en tiempos de Batista... bueno, para qué, ya esto no cuenta, pero mi hermanito ¿es que no es un niño de los que nacen para ser felices? Dime, dime y no te quedes callado, amor, si te vas a casar conmigo tienes que tener la confianza de que lo discutamos todo entre los dos; no, si yo no digo que yo tenga la razón, si estoy dispuesta a dejarme convencer si la Revolución tiene argumentos para explicarlo, no, si yo te quiero a ti más que a nadie, pero yo me pregunto si además del amor puede haber un poco de confianza, de conversación sincera entre nosotros, porque tú eres sincero cuando me tocas pero ahora también necesito que seas sincero, más sincero que nunca. Explícame ¿por qué son necesarios los actos de repudio, por qué, por qué hay que asustar a los niños para que triunfe la Revolución? ¿Qué clase de Revolución es ésta?

Se echa a llorar. Se seca las lágrimas: — Perdona, mi vida, no quise decir esto. Esta es la Revolución más grande del Siglo XX y la más humana, sobre todo ahora cuando los rusos se han atrevido a enterrar la Revolución de Octubre, comportándose como unos burgueses de mierda. Esta es la Revolución que será el faro de todos los pueblos, una vez que superemos este período de prueba, pero todavía está mi pregunta: ¿por qué hacer sufrir a los niños? Y dime una cosa, amor —no quería preguntártelo pero ahora estoy tan nerviosa, tan desesperada, tan loca si tú quieres llamarlo así que tengo que preguntártelo ahora, ahora mismo— dime ¿sabías tú que iba a tener lugar un acto de repudio contra mi padre?

— No, Lourdes, no lo sabía.

— Pero tú trabajas en las Brigadas de Respuesta Rápida...

— Pero esto no lo sabía. Todos conocen que tú y yo nos queremos y es probable que, por eso no quisieran decírmelo, para ahorrarme el mal trago.

— Pero por eso mismo podrían habértelo dicho. Tú mismo me has hablado de que periódicamente someten a prueba a los compañeros selectos.

— Es verdad, Lourdes. Pero créeme, a mí no me dijeron absolutamente nada.

— Te creo, mi amor, sé que no me mentirás nunca.

Se besaron. Se acariciaron con violencia, fiebre, desesperación. Olvidaron todo; el cuerpo para reponer el alma.

Al terminar, Eleuterio sintió una tristeza inmensa: un deseo de ser otro hombre en otra parte en otro tiempo, pero siempre con Lourdes. Ocultó la cara entre las sábanas.

— ¿Qué te pasa, mi amor? —le preguntó Lourdes, acariciando su cabeza— dime qué te pasa, amor.

— Nunca dejaremos que nada nos separe —susurró él, sin separar la cara de las sábanas.

*

El compañero Juan Olivares, "Juancho", responsable de conciencia de las Brigadas Populares de Respuesta Rápida, mueve la cabeza sinceramente preocupado. Es verdad que el compañero Eleuterio no ha traicionado el secreto revolucionario y ha negado haber tenido previo conocimiento de la Operación Gusano Gonzalo, a su novia, pero también es cierto que ha escuchado sin rebatirlas como era su deber de conciencia, las críticas que la compañera Lourdes en su confusión de sentimientos profirió contra las decisiones de la Revolución y por lo tanto contra sus líderes.

El compañero Salvador García Luzárraga, íntimo amigo y subordinado inmediato del compañero Eleuterio, por instrucciones patriaomuerte del compañero Juancho, había brindado al compañero Eleuterio, en esta época de penuria constructiva, su bien cuidado cuarto en la calle Veintitrés del Vedado ya llegando al Malecón, con terraza de cristales y vista al mar y amueblado con algunos de los muebles —incluyendo cama— que la marquesa de Arroyo Prieto, de negrera prosapia, había abandonado tras su precipitada fuga al Norte revuelto y brutal. De acuerdo con las normas de confidencialidad y trabajo en equipo que caracterizaban al aparato profesional, el compañero Salvador, bajo el comando del compañero Juancho, le había instalado un micrófono oculto al compañero Eleuterio que funcionaba en los rendezvous de éste con la deliciosa compañerita Lourdes de los Comités de Defensa y la Federación de Mujeres Cubanas y Unión de Jóvenes Comunistas, una compañerita que había sido citada varias veces por su heroica participación en las batallas de la producción y por su contribución a la formación de conciencia en las organizaciones de masas y en las asociaciones de solidaridad internacional con los pueblos del mundo.

Juancho estaba preocupado, por mucha que fuera su simpatía personal por el compañero Eleuterio —es menester desconfiar de las amistades y sentimientos personales si se quiere ganar la vida del Partido— no tenía por menos que reconocer que ahora resultaba más indispensable que nunca el intensificar la vigilancia sobre el compañero Eleuterio y la compañerita Lourdes a los efectos de comprobar cuanto podría ser el daño —y consiguientemente el peligro para la Revolución— generado en la conciencia de ambos por las traiciones contrarrevolucionarias del gusano Gonzalo, padre de una y futuro suegro del otro. La familia, más que ninguna otra institución puede funcionar como factor corruptor de la incondicionalidad revolucionaria.

La expresión de preocupación desapareció al escuchar la segunda parte de la grabación, sonidos inconfundibles, emisarios del placer, heraldos del femenino orgasmo, Juancho los repitió tres veces. No dejaba de comprender a Eleuterio, la compañerita Lourdes sonaba muy competente. Claro que era una verdadera desgracia ser hija de gusano. Y si bien la chica no tenía la culpa de ello, era necesario vigilarla. Las debilidades personales tendían a convertirse, con inusitada frecuencia, en debilidades ideológicas. Y la Seguridad del Estado era su deber. Es que si no actuamos así ¿a dónde iríamos a parar? Decidió que se grabara un vídeo, con la mayor discreción, la próxima vez. Habían llegado unos aparatos de grabación audiovisual de Corea que eran una maravilla.

El compañero Juancho, con la tranquila eficiencia que lo caracterizaba, comenzó a preparar las notas para su próximo discurso que debía pronunciar pasado mañana por la noche. Se trataba de una ceremonia importante. El otorgamiento del premio más honroso del colectivo que había sido votado el mes pasado y aprobado por la superioridad, un procedimiento que año tras año había revelado su eficacia en el mantenimiento de la moral patriótica. La distinción de Hombre del Año había recaído en el compañero Eleuterio Ferrer Carballo.

*

No, ella no creía a Eleuterio. Era la primera vez que su novio le había mentido, lo había visto en sus ojos, a ella la podían engañar como a cualquier mujer, pero el hombre que ella quería no. Sintió una tristeza inmensa en la que se juntaban todas sus tristezas como si fueran una sola, una losa de desesperación que de repente había caído sobre sus espaldas y que ya no era posible ignorar con la voluntad revolucionaria, porque la voluntad está bien para las ocasiones corrientes y también para las extraordinarias cuando están fuera de uno, cuando son peligros o amenazas exteriores que uno tiene que vencer, que uno va a vencer porque para eso se ha hecho la vida, para luchar y vencer como decía su abuelo el emigrante que llegó muerto de hambre a Cuba y levantó una familia, y hasta varias, Lourdes conocía a su primo mulato hijo de una técnica de la salud y nieto de una **ilya ebó** que —según decía su abuela— le había echado **bilongo** al asturiano, pero Lourdes tenía edad para saber que los hombres no se dejan echar bilongo sino cuando ellos quieren, y del abuelo heredó Lourdes la determinación de vencer y siempre vencía, pero no se podía vencer nunca cuando se trataba de conflictos amorosos porque una quería hasta en contra de una misma, pero también por eso le dolía a una más que le mintieran y ella, hasta ahora nunca había mentido a Eleuterio porque si una tiene que mentirle a un hombre es mejor no casarse con él y esto se lo había dicho su abuela que era de vieja cepa cubana de la provincia de Camagüey y de una familia que se había cansado de matar quintos asturianos y de las otras cuarentainueve provincias durante la Guerra de los Diez Años y a quien después los decretos confiscatorios del capitán general dejaron con un platanal miserable por toda herencia, mejor es no casarse con él, pero ¿cómo puede ser mejor cuando una está enamorada?

*

Y claro está que Eleuterio había cumplido su deber de revolucionario patriaomuerte porque él es de Seguridad y ahí las instrucciones son muy claras no se puede revelar nada de lo que ocurre en el trabajo ni a la Virgen Santísima que diría mi abuela y por eso él me ha engañado y mi deber como revolucionaria es entenderlo así y hasta sentirme contenta de que el hombre con quien quiero casarme ponga el deber revolucionario por encima de todo y yo debo de aceptarlo así únicamente que no puedo y que no sé como poder porque una también tiene hormonas o qué sé yo tiene algo que le dice que a una no le miente su hombre pero es cuestión de que sea hombre o sea revolucionario y revolucionario es la categoría más alta de hombre sólo que yo no me entiendo y parece que me estoy volviendo tan egoísta como si fuera una de esas burguesitas de las telenovelas venezolanas pero una es de patria o muerte y yo quiero que Eleuterio me quiera más que la verdad o la mentira y este es mi pecado tengo que cambiar si voy a casarme con él y acostumbrarme a que el matrimonio burgués es cosa del pasado y la culpa de todo la tiene mi padre por ser tan gusano, no papá no, son esos gusanos de sus amigos que vienen a pedirle consejos sobre esto o lo otro y que no quieren reconocer que la violencia de la revolución no es más que un fenómeno transitorio para defendernos de la amenaza imperialista y éstos sí son los responsables de que Eleuterio me haya mentido el imperialismo yanqui que con su voracidad no puede dejarnos tranquilos porque envidian como repitió el reciente discurso que seamos el Primer Territorio Libre de América y está bueno ya y hoy sé que no tengo razón alguna pero hoy estoy cansada de explicaciones dialécticas porque la Revolución es muy grande y la patria es enorme y el Comandante en Jefe es nuestro Comandante en Jefe pero Eleuterio es el hombre que yo quiero y a mí no me miente porque no y lo mejor que podrían hacer los imperialistas sería desembarcar por Guanabo porque ya yo estoy cansada de soportarlo todo y allá en las trincheras de Guanabo Eleuterio yo y el pueblo cubano los recibiríamos a tiros y venceríamos de una vez o nos matarían juntos porque es mejor morirse que casarse con un mentiroso que cuando pase la atracción de los primeros meses me va a mentir sobre otra cosa porque le habrán enseñado a disimular con su familia como hábito sagrado y quiero dejar de pensar porque estas son ideas de contrarrevolucionaria y de niña bitonga y estoy segura de que papá empezó por menos y mira a donde ha llegado porque dudar de la sabiduría de los que conducen la Revolución es el comienzo de todos los vicios y papá no se hubiera casado con esa puta contrarrevolucionaria si no hubiera comenzado primero a vacilar en sus creencias aunque él me diga que son ellos los que vacilaron en sus creencias pero esto es dialéctica pequeñoburguesa que no sirve y es otra manera de hacer conspiración contra el Gobierno Revolucionario más grande que ha visto el presente siglo ni verán los venideros.

Y sin embargo me sigue molestando que mi hombre me mintiera y ya no puedo más, si todavía creyera en Dios rezaría, pero Dios es burgués y por mí puede irse con todos los burgueses a la mierda.

*

— Tu tío está descansando, que buena falta le hace, un día le fallará el corazón que es lo que quieren estos sinvergüenzas; ahora todos los revolucionarios en desgracia se están muriendo del corazón. Mira, mira como me han puesto todo, Hernán.

Lucía señaló para las ventanas de cristales rotos y para un armario con huellas de tres buenas pedradas y para un florero roto de otra y y y para más cosas que Hernán no quiso ver porque no podía remediar y no quería desesperarse más de lo que estaba y necesitaba conservar su cabeza si no fría, lo más serena posible para tomar decisiones que siempre serían malas pero que debían ser lo menos malas posibles.

— Me dijeron que tío estaba herido.

— Sí, de una pedrada, pero no es mucho, lo peor son las pedradas del alma. Después de todo lo que tu tío luchó por la Revolución, de tanto sacrificio, de tanta angustia inútil, tener que aguantar que tanto caretudo que fue marica durante la otra dictadura sea ahora esbirro de patriaomuerte. Sin ir más lejos, el que dirigía la pedrea era Hombono de la Vega.

— ¿Y quién es ése?

— Tenía una vidriera de apuntación de terminales en la época de Batista. Y como todo el mundo sabe, nadie se podía dedicar al juego ilícito sin la protección de la policía, y además era chivato, entonces y ahora, si lo sabe toda la vecindad y ahora resulta que es más patriaomuerte que la madre que lo parió, las cosas que hay que ver en Cuba, Hernán, esto es de película.

Lucía se secó, con un pañuelo deshilachado, una lágrima, y agregó con voz firme: — Yo quiero que tu tío se vaya. Aquí no puede aguantar más, acabará en la cárcel de nuevo y ahí hasta que se pudra, y luego lo de siempre falleció en la cárcel de un ataque al corazón como le pasó al Ministro del Interior próximo pasado. Que se vaya, por favor, Hernán convéncelo de que se vaya de cualquier forma, en bote o como sea, pero que no siga una semana más en este infierno.

— ¿Y Pedrito y tú?

— Si es posible, nos vamos con él.

— El viaje por mar es peligroso.

— Más peligroso es seguir aquí. O si él no quiere llevarnos que se vaya Gonzalo y después que nos mande a buscar, como sea, hasta me meto en la embajada de España con el niño; mi padre era de las Islas Canarias, de la isla de la Palma, yo estoy loca por conocerla, todavía tengo primos allá y una tía. Y dicen que esa isla se parece a Cuba, verde y linda.

— Si los chivatos te dejan acercarte a la embajada; todo está muy vigilado. Y si entras en la embajada, ya sabes lo que te espera. Acuérdate lo que ocurrió en tiempos de Fernández Ordóñez...

— No me importa nada. Solamente que se salve tu tío de esto y luego yo veré como me las arreglo. Y déjame decirte otra cosa: acaba de salir de aquí esa comunista. Tu putiprima.

— Deja de insultar a Lourdes. Sufre mucho, como todas las cubanas.

—Pero está muy claro que es una puta. Si lo dice todo el barrio, lo que lo dicen en voz baja. Hocicándose en todas las esquinas y hasta en la Plaza de la Revolución delante de las mismísimas barbas del Comandante en Jefe, con ese esbirro de las Brigadas de Respuesta Rápida. Y las Brigadas están detrás del acto de repudio y no me extrañaría que ese desmadrado de Eleuterio fuera el organizador, peores cosas he visto ya, lo que me extraña es que después de esto, la desorejada de tu primita se siga acostando con el verdugo de su padre, que pase lo de puta pero no lo de malahija que eso es lo que es, una verdadera hija del régimen, porque la verdad, una tiene que tener los ovarios muy desquiciados para acostarse con el hombre que apedrea a su padre, vamos eso digo yo, y no me extrañaría de que cualquier día le dieran la medalla de Heroína de la Revolución o la Orden de José Martí, que el pobre Apóstol tiene que pasar por todo, después de muerto. Pues tu primita vino aquí a llorar junto a tu tío, y hasta le puso una venda en la barbilla y lo cubrió de besos, supongo que todavía le sobraba alguno de los que le dió al esbirro. Y yo ni la saludé, que si Gonzalo me escuchara, no la dejaba poner pies en esta casa mientras siguiera yendo a la cama con ese jefe de soplones y apapipios, un hombre que por lo bajo debe oler a paredón. No te lo digo por nada, cariño, pero a tu prima hasta las tetas le deben oler a muerto.

— Lo que sí es verdad es que el Gobierno Revolucionario ha resucitado la especie del apapipio de tiempos de Machado, aún a mí que estudio la historia esto me parece increíble: es el eterno retorno del esbirro. Las banderas y los pretextos políticos cambian, el esbirro es eterno. Los esbirros mataron a Jesús. Y luego, una vez en el poder, nosotros, los cristianos, creamos los esbirros de la inquisición. Y así sucesivamente en la cadena de crueldades del hombre contra el hombre. Y sólo reconocemos como esbirro al criminal que pertenece al otro bando. Si lo consagra el uniforme, el asesinato es sacramento.

— A mí lo que me importa es que cuando coja a la puta de tu prima a solas, que no me vea Gonzalo, la voy a cubrir de insultos. Y no voy a dejar que se me acerque a Pedrito, está bueno de contemplar a una malahija, tu tío es demasiado bueno, estoy seguro de que aunque la viera en medio de un acto de repudio, buscaría alguna excusa para justificarla. Ya no es tiempo de perdonar.

*

Pedrito había regresado llorando de la escuela.

— Tu padre es gusano, tu padre es gusano...

— Una, dos y tres, repudio otra vez.

— Gusano, gusano: tu padre es un marrano.

En el recreo, Pedrito trató de defenderse y hasta le acertó con una piedra al que más gritaba. Luego le cayeron tres encima y le abollaron la nariz, y la frente y una de las orejas y le tiraron del pelo y llegó la maestra y los separó, dejen a Pedrito tranquilo, que no es culpa de él que su papá sea un gusano.

Pedrito dijo que no volvería a la escuela nunca más en su vida y que su madre podría matarlo si quería pero no hacerle volver a la escuela. El niño había dejado de llorar.

Hernán lo llevó al zoológico, aunque Pedrito, al principio, se negaba a salir a ninguna parte.

Víctimas de la desaparición de la Unión Soviética, los animales del zoológico languidecían en dieta de subsistencia mínima. Y el viejo letrero: Por favor, no alimente a los animales, tenía el no tachado, pero nadie, salvo algún viejito jubilado, le hacía el menor caso.

El viejo mapache hacía un valiente esfuerzo para completar su magra dieta con una ración de bibijaguas de las que habían podido sobrevivir el Gran Proyecto. Las ranas-toro pasaban el día entero a la caza de mosquitos y hacían un encomioso trabajo de saneamiento revolucionario devorando gusanos.

Se pararon frente a la jaula de los chimpancés —obsequio del presidente Macías de Guinea a la Primera Revolución Libre de América— animales favoritos de Pedrito que solía disfrutar con sus payasadas y siempre volvía a casa contento de haberlos contemplado.

Dos chimpancés famélicos pegaban a un tercero que trataba de ingerir medio plátano, tesoro ofrecido por un viejecito de ojos dulces. Al fin el más fuerte de los dos agresores pudo hacerse con la fruta y los otros dos se unieron para pegarle a él. No obstante el agresor terminó de comer su plátano. Los otros dos le siguieron pegando y a éstos se añadió una mona que había estado cargando a un bebé que lloró al ser depositado en el suelo.

— ¿Por qué pegan a ese pobre mono, no ven que son tres contra uno? Es un abuso. Haz algo, Hernán.

Hernán arrancó una rama —violando las regulaciones correspondientes— y la introdujo por los barrotes en un vano gesto de ahuyentar a los compañeros simios. Luego tomó piedras y acertó a dos de ellos que se retiraron, dejando tranquilo al mono que había comido el plátano sin compartir. Pedrito se puso contento por primera vez en el día. Hernán le compró el último cucurucho de maní que un chino de más de noventa años seguía vendiendo en el zoológico cuando había maní, lo que era infrecuente. Gracias, Hernán, le dijo el chino cuando le pagó el doble del cucurucho, el chino conocía a Hernán desde que, cuando era niño, su padre lo llevaba al zoológico a ver la jaula del mapache y del venado que eran sus favoritos, Hernán niño siempre llevaba comida para los dos y para los monos y para la jutía conga. Pedrito sonreía. Hernán pensaba en que "Los niños nacen para ser felices". A pesar de los adultos.

*

Al regresar del zoológico, Pedrito se fue a la acera a jugar con otros dos niños gusanos. Hernán tuvo que escuchar de nuevo a Lucía:

— Volvió la virgen leninista de tu primita...

— Está bueno ya, Lucía.

— Me dijiste que no la llamara puta en tu presencia, por eso ahora la he hecho virgen.

— Me voy.

— No, escúchame, que yo también tengo derecho a desahogarme. A Lourdes le dije hasta alma mía.

— No tengo duda.

— "Si te sigues acostando con quien apedrea a los verdaderos hombres, no pongas los pies en esta casa. A mí, me daría asco acostarme con un esbirro" —le dije. Afortunadamente tu tío había ido a la iglesia y yo aproveché para darle a Lourdes el vía crucis. Se lo merece. Y ella, esta vez no se atrevió a contestarme nada. Y se echó a llorar como una burguesa cualquiera y se fue. Y yo me quedé más tranquila. Mientras bajaba la escalera, yo gritaba. Que no eres hija, que eres una rata comunista. Rata, rata del Partido y mierda. Que te acuestas con un degenerado...

— Por eso te pueden arrestar y ponerte una multa o noventa días.

— Lourdes no me delatará. Es una sinvergüenza pero no tanto. Al fin y al cabo soy la mujer de su padre.

Lucía era unos tres años mayor que Lourdes y la odiaba con la sinceridad propia de compañeras de generación. El afecto era mutuo aunque ambas procuraban disimularlo en presencia de Gonzalo. Hernán era el paño de lágrimas y el depositario de improperios. Hernán respondió:

— Mientras sigamos dividiendo a los cubanos entre gusanos y ratas, seguiremos perdidos. Las ratas devorarán a los gusanos. Y luego los gusanos devorarán a las ratas.

— Qué desgracia la mía, primero Gonzalo y ahora tú también. No sé si ustedes son santos o simplemente maricones.

— Lucía, tú bien sabes que yo no soy santo; mi tío puede llegar a serlo, al menos es mártir casi todas las semanas. Pero nuestros destinos individuales no son el punto. Hasta que los cubanos no dejemos de considerar al otro cubano como animal, no será posible una reconciliación.

— No me digas que crees en la reconciliación del lobo y la oveja; la puta y la Virgen de la Caridad.

— No sé si puedo creer o no. Pero me basta con esforzarme en que nos comprendamos mejor. Es lo único que puedo hacer.

— ¿Cómo voy a comprender a Eleuterio, que es de los mismos que tiran piedras a mi marido y encima de eso se singa a su hija?

— Lucía, Gonzalo quiere la paz entre todos los cubanos, ya eso de por sí, es una cruz, una cruz terrible que no lo abandona a uno. Es tu marido, no le hagas la vida imposible peleando con Lourdes. Aprende de Gonzalo: Nunca podremos salir de ésta los cubanos, sino queriéndonos como mandó Cristo. Cristo no es iluso, como yo creía antes, los ilusos son aquellos que creen que vamos a ser nación de otra manera.

— Y ahora tú eres cristiano, Hernán, mira, hijo, no me hagas reír que tengo el labio partío...

— Soy cubano y no me queda más remedio que serlo. Aunque tú y todos se rían de mí; en eso también Cristo lo pasó peor. Y déjame añadirte algo: no creo en matar al diez por ciento de la población. Tenemos que hacer patria juntos. Basta de sangre y lágrimas. Hay que decir en voz alta lo que pensamos en silencio.

29

Siguió pensando en Lourdes, cómo recibiría la noticia ¿sabrá ya que me he ido en un bote? No podía decírselo para no compromoter su conciencia, irse en un bote es delito; saber que alguien se va a ir y no denunciarlo es otro delito. Y lo que es vida normal en otra parte, en Cuba es delito. Si todos somos culpables es más fácil gobernar porque siempre hay razón para encerrar a uno, y Lourdes pensará por un instante que no he tenido confianza en ella, pero pronto comprenderá que, por su bien, no podía tenerla; es una vida de trampas benditas por un micrófono.

Lourdes seguía visitando asiduamente a su padre aunque sabía que Lucía cuando Gonzalo no se encontraba presente, la llamaba esa puta comunista. Algo manifiestamente injusto ya que Lourdes era muy sincera en cuestiones sexuales y, en cualquier caso, demasiado apasionada para cobrar por caricias.

Gonzalo le había confiado una noche, a su sobrino, que su mayor temor era que una visita de su hija coincidiera con un acto de repudio. Lourdes es tan cariñosa que no podrá tolerarlo —añadió. Yo ya estoy acostumbrado al esbirraje. Y además creo que, después del fracaso de la Revolución, me da igual vivir en el infierno.

Y mientras ardía al sol del Caribe, respirando agua salada y el aire suficiente para continuar, Hernán se preguntaba:

— ¿Qué dirá Lourdes cuando sepa que me he ido?

— Cabrón de mierda —eso dijo su prima.

Lourdes tomó una foto en la que ella y Hernán aparecían abrazados bajo un cocotero en la playa de Cayo Largo frente a las olas y la rompió en menudos pedazos, luego de arrancarla de un marco de laca oriental, y a continuación la depositó en la taza del inodoro con la intención de exorcisar cualquier influencia que el tránsfuga de su primo poseyera aún sobre ella. Los pequeños pedazos fueron tragados por el agua y se incorporaron a las inmensas y anticuadas cloacas de la ciudad de La Habana de colonial abolengo y ampliación soviética. Fernando VII, Brezhnev y el Comandante en Jefe presidían el desagüe.

Lourdes conservó su irritación por media hora. Luego se echó a llorar y estuvo llorando por un largo rato con la cabeza bajo la almohada. Más tarde salió a cortar caña en un central azucarero del antiguo término de Rosario, provincia de La Habana, uno de los centrales preferidos por la élite revolucionaria en los fines de semana.

— ¿Quién es esa compañerita tan trabajadora?

— Lourdes, es una dirigente de los Comités de Defensa. Una compañera de Patria o Muerte. Y además está muy buena.

— Es un bombón socialista.

— Y todo lo hace con sentido de responsabilidad. Si hubiera muchos machos como ella, otro gallo le cantaría a la Revolución.

— Dile que pare de cortar caña a esta hora y que, como todos, descanse a la sombrita, aquí junto a nosotros. La jerarquía quisiera conocerla mejor.

Lourdes escuchó disciplinadamente la indicación, pero no hizo caso. Manejaba la mocha con furia, cortaba caña de azúcar por ella, por su padre y por Hernán.

Pensó que la mujer, no se liberaría de verdad mientras hubiera hombres. Tampoco sin ellos.

"Ya los majases
no tienen cuevas
que Gorbachov
se las tapó
Se las tapó
se las tapó
se las tapó
te lo digo yo"

Lo esencial no era trabajar sino acreditar horas de trabajo. Acumuladas con exquisita atención en una hoja de papel blanco. A fin de mes unas hojas se sumaban con otras en otra hoja. A fin de año, en impresionante ceremonia de masas, se entregaban premios a las hojas. Y se publicaban en la prensa veraz y libre, para edificación de los visitantes extranjeros originarios de sociedades en decadencia. Y cada año las estadísticas superaban a las del año anterior, augurando prosperidad siempre en un futuro. Un paso más y llegamos. Pasito alante, varón.

Los premios gozaban de nombres peregrinos, que oídos una vez no podían olvidarse: Premio Facundo al trabajo. Premio Derrota del Imperialismo. Premio Trincheras "Venceremos" del Frente de la Producción. Premio Macheteros Voluntarios del Jobabo. Premio Boteros del Volga. Este último descontinuado, a partir de la traición de los hijos de la estepa.

Pero Lourdes era distinta. Fue Arthur Koestler el que, entonces comunista, en su visita a la Unión Soviética de Stalin, observó, agudamente, que las dictaduras podían sostenerse por largo tiempo si aún quedaba un grupo de seres dedicados, capaces de cualquier sacrificio para cumplir con el sistema. Lourdes quería creer: se lo exigía su alma sincera y apasionada. Lourdes trabajaba por una patria que —asfixiada o no— viviría siempre en su corazón. Respondía a la duda, redoblando el sacrificio.

Gotas de sudor resbalaban por su frente bronceada hasta el cuello esbelto y grácil; contempló, de reojo, a los hombres que, bajo la sombra del palmar, remedaban el letargo del majá, la boa tragona y perezosa de los campos de Cuba, terror de las gallinas y conejos, y multiplicó —los carnosos labios fruncidos— el esfuerzo de sus brazos lindos, de su torso generoso que invitaba al amor.

Siguió cortando caña. Siempre se puede hacer más cuando uno cree que no puede más. Los hombres la miraban avergonzados unos, cínicos otros, se le va a partir la columna vertebral, cogerá insolación y costará más el curarla que lo que ha cortado. Un movimiento brusco, al machetear por segunda vez una caña rebelde, y zas, escuchó —con un escalofrío de horror— la tela que se rasgaba irremediablemente. Ni aguja ni hilo. El amplio agujero de la camiseta deportiva —**Venceremos** escrito en letras rojas— revelaría la ropa interior, pero no tenía ropa interior. Por la libreta de racionamiento podría adquirir un juego completo en seis meses, una escasez de naturaleza temporal —aseguraba el ministro responsable. Y el diario Granma había acallado todas las preocupaciones con la información de que los compañeros de Industria estaban combatiendo febrilmente para eliminar el mal entendido en un tiempo record y asestar otro golpe al imperialismo. Mientras tanto, a través de la rotura de la raída camiseta, asomaba, rosa y canela, en clásicas dimensiones, a pleno sol, un delicioso pezón.

Sostén o Muerte.

30

Con una venda en la barbilla —la herida iba mejorando— Gonzalo recibió a tres periodistas españoles, uno venezolano y uno chileno (que había pasado tres años en Viña del Mar en la prisión del régimen militar).

Lucía se excusó de no poder servirles café. Sí puede —dijo el roto, como llamaban al chileno, el cual extrajo de una bolsa de plástico un pomo de café colombiano instantáneo adquirido con dólares en una diplotienda.

Todos rieron y Lucía preparó el café prieto, endulzado con azúcar turbinada. Y luego lo sirvió sonriendo, con la dulzura que guardaba para los momentos, escasos, de sosiego. Por unos instantes todos estuvieron contentos. Gonzalo pensaba en los pequeños placeres tan grandes. Lo que puede hacer una taza de café cuando se ha carecido de él por una semana. Y lo que puede hacer siempre la sonrisa de la mujer que uno quiere.

Lucía pensaba en que seguramente el chileno, que cobraba en divisas extranjeras, les dejaría el frasco entero de café, doce onzas. Un buchito de café la ayudaba a sobrellevar la depresión de cada día.

Luego de la expansión provocada por el café compartido, hubo unos instantes de silencio. Los periodistas esperaban una airada denuncia de la pedrea espontánea dirigida. Miraban con lástima los vidrios rotos, que sabían no podrían reponerse en la economía productora de la miseria.

Gonzalo miró a los corresponsales y sonrió, esa sonrisa triste que no lo había abandonado en los últimos treinta años y que ya se había convertido en segunda naturaleza:

— Que me "repudien" no importa. En Cuba sólo es posible una política: terminar con el sistema de odio. Y empezar a trabajar, en serio, sin esperar limosnas de nadie, todos juntos. Cubano es más que gusano; más que comunista.

En la calle, a dos manzanas de distancia, tres docenas de valientes esperaban la retirada de la prensa internacional para reanudar, por la patria, la procesión del vejamen.

Tanto joderse uno —pensaba Gonzalo— para que la Revolución viniera a parar en esto. Recordó lo que Hernán solía decir: El más singular sarcasmo de la historia moderna es que el hombre nuevo del marxismo-leninismo, en su agonía, se metamorfoseara en el zombi del Caribe.

31

La tesis de Lenin

Si había un afiliado de rancios pergaminos en el comunismo caribe ése era Lenin. Su abuelo, lector de tabaquería en la ciudad de Remedios, provincia de Las Villas, había sido en su juventud fundador del Partido con José Antonio Mella y Carlos Baliño, allá en los años veinte, y se había enfrentado con éxito a los anarquistas, que por aquel entonces habían sido los principales organizadores de la clase obrera, hasta el punto de eliminarlos del Sindicato de Torcedores.

Al padre de Lenin, el Partido lo sacó concejal por el ayuntamiento de Marianao, donde fue colaborador dilecto de Panchín Batista, el hermano del General y alcalde de la próspera ciudad vecina a La Habana.

Lenin era uno de esos seres que llevan a ciertos espíritus a creer en la astrología: desde la cuna había estado marcado por el conflicto de influencias, no siempre resueltas dialécticamente. Nacido cuando ya Cuba se había convertido en el Primer Territorio Libre de América, desde su concepción se convirtió en fuente de controversias. La madre de Lenin —bajo la influencia de la rama llanisca de la familia— había sido, desde la más tierna infancia, devota fiel de la Virgen de Covadonga, y en cuanto supo que estaba embarazada insistió en que habría bautizo, costumbre piadosa que el Gobierno se esforzaba en desalentar a través de los organismos de masas y círculos de estudios filosóficos. — Sobre mi cadáver —respondió a su esposa, el compañero Jacinto García, "Jacintico", responsable de los Comités de Defensa de Centro Habana y fundador del círculo de capacitación Feliks Dzerzhinsky.

— Si el niño no va a ser bautizado, voy a visitar a la yerbera y aborto. No puedo condenar a una criaturita al limbo eterno, Jacintico.

— No puedes abortar, la Iglesia lo prohibe —alegó su marido quien por unos años había trabajado con el compañero Carneado en la dirección de asuntos eclesiásticos del Partido y estaba al tanto de la apologética.

— Entonces hay que bautizarlo. Si no me dejas, denunciaré al Gobierno como un fraude revolucionario en medio del próximo discurso en la Plaza de la Revolución. Ya sabes lo que pasará: Bautizo o Muerte.

Nacido el vástago y en aras de la armonía del connubio, se acordó bautizarlo con el nombre de Lenin. El párroco navarro, de antecedentes requetés y algo rudo, se negó a bautizar al crío, asegurando que el nombre era pecado mortal. Jacinto amenazó con denunciarlo. "Me haréis mártir, cabrones" —contestó el padre Irusmendi.

— No hay modo —informó Jacinto a María Celia, extraordinariamente aliviado.

— Que lo bautice el Nuncio. Tú tienes influencia con Carneado, el Nuncio estará encantado de complacerte.

— No sé, Celia, no sé.

A Lenin lo bautizó monseñor Cesare de la Nunciatura que consideró el episodio un símbolo de reconciliación entre Iglesia y Gobierno en los nuevos tiempos que corrían. En el bautizo hubo bocaditos, huesos de santo y vodka.

Lenin fue educado en todas las virtudes del materialismo dialéctico y a los diez años fue confirmado en la Unión de

Pioneros, donde llegó a ocupar el cargo de secretario de capacitación. Fue un estudiante modelo de ésos de quienes se esperan grandes cosas en la vida. Ya en la Universidad, se destacó como entusiasta revolucionario en los trabajos colectivos y como escolar brillante de ideas originales. Fue voluntario en Angola y resultó herido en la batalla de Cuito Cuanavale mientras rescataba al capitán de la compañía bajo el fuego de morteros de Unita. Regresó a Cuba como héroe internacionalista, en cuanto alcanzara el doctorado tenía asegurada una cátedra en la Universidad de La Habana. La novia era secretaria de trabajos voluntarios en la Unión de Jóvenes Comunistas y responsable de planificación familiar. Lenin había sido designado como Estudiante Socialista del Año. La distinción máxima en el Alma Mater, que le impuso el rector en la ceremonia solemne de fin de curso.

Cuando comenzó a trabajar en la tesis de grado, profesores y estudiantes auguraban que su tesis haría historia. Una contribución a la transformación dialéctica en el trópico a la luz del materialismo histórico y la praxis. Uno de sus profesores había expresado que, con toda probabilidad, la tesis de Lenin sería a la comprensión de la sociedad cubana en los finales del siglo XX, lo que la obra del barón de Humboldt había sido a la Cuba de principios del siglo XIX. Antes de que escribiera una línea, ya se había asegurado en los corrillos de la Universidad de que estaba bajo contrato la traducción al portugués, coreano, chechén y afgano (en ambas versiones: pashtu y tadyiko) gracias a los contactos con decanos internacionalistas ansiosos de demostrar su apoyo a la Revolución Cubana.

Hernán se sorprendió cuando el estudiante, un sábado por la tarde, se le apareció en su oficina.

— Quiero cambiar de consejero y que sea usted el primer lector de la tesis.

— ¿Qué te pasa, Lenin?

— El profesor... ni me entiende ni me aconseja. O tal vez me entiende demasiado bien y está muerto de miedo.

Hernán puso ciertos obstáculos. Es muy tarde para que yo te dirija. La tesis debe estar casi terminada... No soy el mejor consejero para un estudiante como tú.

A Lenin se le ensombrecía el rostro. Tenía gran confianza en Hernán y no esperaba que lo abandonara. Si no le había pedido antes que fuera el director de la tesis era porque Hernán estaba inmerso en la Operación Grandes Proyectos —aquí ambos disimularon una sonrisa— y en estos momento sólo Hernán entre todos los miembros del claustro podría ayudarlo, y Hernán siempre había dicho que él nunca rechazaba a un estudiante devoto de un proyecto serio.

Hernán aceptó condicionalmente. Tenía la sensación de que había dado un paso de incalculables consecuencias. Aunque no sospechaba lo que había de venir. La vida es así, en el momento en que nos descuidamos, nos tiende una emboscada.

*

Al día siguiente, Hernán llamó a Lenin a su despacho con toda urgencia. — Estás loco si crees que hay un tribunal en toda Cuba capaz de aprobar esta tesis.

— No la escribí para que me la aprobaran. Soy un estudiante anormal: simplemente estoy interesado en aprender.

— Aprenderás el cultivo del tomate porque te mandarán a un campo de rehabilitación ideológica, en el mejor de los casos. Podrás escribir la historia de la agricultura en las Antillas: desde Pánfilo de Narváez hasta Ramón Castro.

— Quiero la verdad.

— Pides mucho.

— Se supone que las universidades se crearon para tratar de buscarla. Y no como salchichería de títulos.

— Pero tú quieres el doctorado ¿o no?

— Lo quería. Ahora sé que sería incompatible con la verdad.

— No adelantas nada con que te arresten. Esto es un sistema cerrado y cuando salgas de la cárcel no tendrás a donde ir. Tarde o temprano volverás a la cárcel. Y así hasta que te mueras o hasta que seas demasiado viejo para constituir una amenaza para el entusiasmo obligatorio. ¿Esta es la vida que quieres?

— Tienes miedo.

— Sí.

— Verdad o Muerte. Venceremos.

— Aquí ya no vencerá nadie, Lenin. Han llenado de plomo a nuestra Isla de Corcho y el plomo es lo que más hunde.

— Entonces estoy solo.

— No.

*

Le dolía leer sobre las catástrofes de su patria cuando no tenía los medios para actuar sobre ellas. Era la tortura a la que se enfrenta uno, diariamente, en los regímenes totalitarios de cualquier color y pretexto teórico. Muchas de las ideas de Lenin coincidían con las suyas o con las de Gonzalo. En otras, aunque presentadas en forma novedosa, reconocía algo familiar, algo que le había acompañado por años y algo que se echaba fuera de la conciencia para no enloquecer como hacían miles de compatriotas. Dejó caer el manuscrito al costado de la cama.

Apagó la luz. Vueltas y más vueltas y el asco de despertarse mañana para volver a vivir con la mentira. De todas formas no iba a dormir. Encendió la luz y tomó las páginas de Lenin. No era el momento de leerla toda, nunca podría hacerlo a estas horas, prefirió hojearla aquí y allá como si fuera asistir a un circo de tres pistas en las que no se puede atender a todas a la vez.

Precedentes Históricos en el Gobierno de la Más Fermosa y en la Política Exterior. Observaciones de Lenin García.

Capítulo II. Sobre la reconcentración campesina

"Valeriano Weyler llegó a nuestro país con una reputación militar adquirida en su victoria contra los moros de Mindanao e Islas Joló. Al llegar a Cuba, después del fracaso del general Martínez Campos, desarrolló las mismas tácticas que había creado en Filipinas, profundizándolas para privar al Ejército Libertador de la infraestructura civil que lo sostenía. Los campesinos fueron obligados a abandonar sus fincas y "reconcentrarse" en las poblaciones con guarnición militar.

Weyler empezó a lograr éxitos en el Occidente de Cuba pero la opinión pública española y la presión internacional contra su táctica, cruel y militarmente efectiva, determinó que Madrid tuviera que relevarlo del mando. Weyler mataba mambises y también a la Isla. Años más tarde, los ingleses, que habían estudiado las tácticas del mallorquín, las aplicaron sistemáticamente contra los boers de Transvaal y Orange. Fue la brutal táctica de Weyler la que consolidó la conquista británica de Suráfrica.

Sesenta años más tarde, el Gobierno Revolucionario, en la zona rebelde del Escambray aplicó la reconcentración contra los pequeños campesinos de la montaña que se negaban a trabajar en granjas del Estado como si se tratara de polacos en vez de cubanos. Con mejores recursos: Weyler nunca dispuso de helicópteros soviéticos. Y el Gobierno Revolucionario introdujo una mejora que nunca se le ocurrió al mallorquín: la reeducación compulsiva de viudas y huérfanos bajo los sanos principios del marxismo-leninismo. Un éxito de bienestar social.

Ya Nietzsche había anticipado el concepto del "eterno retorno". Algo que nunca sospecharon los rebeldes del Escambray, una de las regiones más hermosas de Cuba.

Capítulo IV. Del uso de cipayos

La denuncia cívica que hizo Martí de los cipayos cubanos, lo llevó al presidio político —cadenas y grillete— a los diecisiete años de edad. El presidio marcó a Martí —física y moralmente— para el resto de su vida.

Ya en la república, el imperialismo yanqui reclamó ayuda para las guerras declaradas en Washington: azúcar y minerales a bajos precios, con algún ron por añadidura para mantener feliz a las fuerzas armadas, pero no reclamó el envío de soldados cubanos.

Nuestro encuentro con el enemigo nazi correspondió a un cazasubmarinos de madera que hundió en el Mar Caribe a un submarino alemán. Los cubanos entraron en el libro de records militares de Jane's: El barco más pequeño que haya hundido a un submarino fue el patrullero de madera cubano. La tripulación era del mismo número que los apóstoles más un alférez.

Más adelante, en nuestro afán de extender a los africanos las bendiciones del sistema soviético, nos pasamos casi dos décadas entrenando eritreos y somalíes para matar etíopes. Y no puede negarse que este trabajo lo hicimos bien.

Cuando el coronel Mengistu dio el golpe militarleninista en Addis Abeba, la Unión Soviética, ansiosa de ayudar al notable estadista —e impedida de enviar sus divisiones regulares para no provocar al imperialismo— reclamó y obtuvo cipayos cubanos. Comenzamos entonces a matar somalíes que no podían comprender por qué los matábamos con tanques después de haberlos entrenado.

Así el colonialismo quedó impuesto por cipayos cubanos en el Ogaden donde los somalíes habían vivido libres por mil años hasta que los imperialistas europeos —italianos, ingleses y franceses— y el emperador de Abisinia se repartieran Somalia a fines del siglo XIX. Aun no se ha escrito pero algún día se hará, la historia de la triste responsabilidad del Gobierno Cubano en las catástrofes en serie producidas en el hambriento pueblo de Somalia. Pero el punto que me interesa destacar en este capítulo es nuestra oferta de cipayos al imperialismo soviético, que usó nuestras fuerzas de la misma manera que el imperio británico usaba cipayos bengalíes para contener a las bravas tribus del Paso de Khyber y usaba cipayos de Khyber para controlar a los heroicos independentistas de Bengala. La única diferencia esencial es que nosotros nos llamábamos revolucionarios internacionalistas y los coloniales de la India, cipayos. Pero ya José Martí, a los diecisiete años, había dicho que para ser cipayo no hay que nacer en la India. Y como si fuera un cubano de hoy en día, terminó en la cárcel ¿Quién le mandó criticar al Gobierno?

Capítulo VI. Del neocolonialismo en Cuba: De la Enmienda Platt a la Enmienda Brezhnev

Después de la aventura de los misiles de viento, debíamos haber aprendido a no confiar en los hermanos soviéticos, y sin embargo, más de quince años después de haber sido tratados como indígenas sometidos a la gran potencia soviética, se introduce en la "Constitución de la República" —algo así como el Fuero de los Siboneyes— la claúsula de subordinación a la hoy difunta Unión Soviética que Stalin guarde.

Pero antes una nota sobre el senador yanqui Platt. En 1901, el gobierno de los Estados Unidos, impone a la Constitución Cubana de 1901 la llamada Enmienda Platt escrita por ese miembro del Senado de Washington. Un grupo notable de constituyentes entre los que se destaca Juan Gualberto Gómez vota contra la aceptación de la enmienda, a pesar de las amenazas del General Wood —que luego de proferirlas (si no votáis la Enmienda no tendréis independencia y continuaremos la ocupación de Cuba con carácter indefinido)— se fue a cazar cocodrilos a la ciénaga de Zapata confiado en que el negro Juan Gualberto no tenía los votos. En esto se equivocó el general imperialista, porque la mitad menos uno de los delegados cubanos a la Constituyente tuvieron el decoro de rechazar la imposición de la Enmienda. La Enmienda Platt "legitimizó" la ingerencia extranjera en los asuntos de Cuba. Treinta y dos años más tarde tocó a Grau San Martín y a Manuel Márquez Sterling rechazar la Enmienda Platt. Los dos pagaron por ello, pero al Presidente Roosevelt en definitiva —y a regañadientes de imperio— no le quedó más remedio que aceptar la decisión del pueblo cubano, y así la vergonzosa Enmienda Platt que desmentía los principios democráticos de Estados Unidos, fue a parar en 1934 al basurero de la historia donde la habían querido depositar en 1901 Juan Gualberto y sus compañeros.

Que una potencia imperialista como los Estados Unidos de McKinley introdujera su dominio en la Constitución de un país pequeño pero al que le sobraba valor para luchar por la libertad, era una vergüenza y un insulto a los ideales de Lincoln. Pero lo que no puede aceptarse sin cubana vergüenza es que un Gobierno Revolucionario —o que así es llamado por costumbre publicitaria— introduzca de motu propio una claúsula en el Preámbulo de la constitución "socialista" de la República de Cuba, que ni es constitución ni socialista, salvo que se entienda el término en el contrasentido staliniano —lo que por otra parte es lo correcto si se recuerda la forma en que fueron designados de dedo los "constituyentes"— introduzca una claúsula por la que se designe parte integrante de la Constitución de Cuba el pertenecer a la cuadra soviética de naciones. Irónicamente, la Unión Soviética ha desaparecido, ¿quiere eso decir que la constitución stalinista de Cuba desaparece? No, ahí está como decía el guajiro de Yateras: vivita y coleando. Solavaya.

*

— Los problemas los veo claros, Hernán. La solución es la que no aparece por ninguna parte. La cuestión sigue siendo ¿Qué hacer? —aseguró Lenin, perplejo.

— Claro que hay solución: lo primero es mirar la realidad cara a cara sin engañarnos con prejuicios, que a fuerza de ser repetidos se han convertido en verdad, dentro y fuera de Cuba. Y aquí echemos primero una ojeada a la historia comparada: los británicos fueron los primeros en establecer una constitución en la Europa monárquica. No importa que no fuera escrita, constituciones escritas a centenares hemos tenido los pueblos hispanos, pocas se han cumplido por más de treinta años consecutivos. Hagamos como los británicos: Veamos cuál es la realidad del país en un momento determinado y establezcamos una Constitución que sea un compromiso de estabilidad entre las fuerzas realmente operantes en un momento dado y respetando los derechos humanos de nuestro pueblo.

— ¿A dónde vas a parar, Hernán?

— Mira a nuestro gobierno: Cuba ha sido una monarquía durante más de treinta años.

— Si te atreves a decir eso en público, vas a la cárcel, a menos que te fusilen.

— Lo cual no quiere decir que no sea verdad. Más bien lo confirma. En Cuba a la verdad la pintan presa. Fuera de Cuba puede haber más ignorancia sobre nuestra monarquía, pero la sorpresa se convertirá en reconocimiento si no nos dejamos engañar por la cortina de humo que son las palabras en la política al uso. Está bueno de tragarse los discursos como si fueran la hostia consagrada.

Hernán hizo una pausa mientras contemplaba por la ventana a las veintenas de estudiantes que conversaban en la plaza bajo los laureles, afecto y tristeza lo invadieron, continuó:

— En nuestro país todas las decisiones de importancia las dicta el Soberano. Y todos los cambios de esas mismas decisiones son también prerrogativa del mismo. No solamente es clarísimo que somos monarquía, sino que somos monarquía absoluta. Ni Fernando VII tuvo nunca sobre Cuba tanto poder como el Jefe de Estado. Sin olvidar que bajo el reinado de Fernando VII mejoró extraordinariamente la economía de Cuba. Algo que ni el fanático más intoxicado puede alegar respecto al presente. El actual monarca hasta nombró a su heredero hace más de treinta años sin respetar ninguna ley ni siquiera la revolucionaria y sin consultar al Movimiento Revolucionario 26 de Julio que ya comenzaba a dejar de existir a partir de esa fecha. Después de mí: mi hermano. Este sistema hereditario no se ha adoptado hasta el presente en ningún gobierno marxista-leninista salvo el nuestro. Marx se hubiera llevado las manos a la cabeza.

Y no se trata de nada personal: Yo a Fidel le tuve mucho cariño y aún no se lo he perdido del todo, pero esto no quiere decir que lo pueda anteponer a la totalidad de los cubanos porque no es justo. Y en eso ha estado el error: en exigir no cooperación y sacrificio —el pueblo estaba dispuesto a darlos— sino incondicionalidad. Sólo el hombre insincero es incondicional: aquél a quien nuestro pueblo llama guataca. Resultado: la vida de este régimen se alimenta de la muerte del espíritu. Y de vez en cuando resulta imprescindible fusilar a alguien para que el régimen se sienta seguro. Obediencia o Muerte es parte de la religión de Estado. Hay que ver las caras sibilinas de algunos que salen en la tele firmando el fusilamiento de un compañero...

"El Gobierno es sanguinario pero no gratuitamente cruel. La sangre se derrama como fertilizante natural del sistema de Obediencia o Muerte. Cuando se obedece no se mata: ésta es una lección que el cubano aprende desde la infancia, generalmente en la Unión de Pioneros. Y luego lo acompaña toda la vida".

— Estoy de acuerdo, Hernán, en que ésta es nuestra realidad. Es triste más allá de las lágrimas. Pero vuelvo a lo que nos preocupa a todos: ¿la solución donde está?.

— Hay que restablecer la monarquía en Cuba.

— Te has vuelto loco.

— Es que la monarquía, como tú mismo has reconocido, es nuestro gobierno de hecho. Lo que yo propongo es traer juntos el hecho y el derecho.

— ¿Y el Rey?

— El Comandante en Jefe, desde luego. ¿O es que tú te crees que él es capaz de admitir a ningún otro?

— Pero es absurdo.

— No tanto como lo que existe hoy: la monarquía absoluta disfrazada con vocabulario de revolución. El sistema cubano es Faraónico; pero sin pirámides. Y es que la Planificación no da para tanto.

— Bien mirado es verdad, Hernán, pero ¿cómo vamos a salir del hoyo? ¿Qué hará el Comandante en Jefe?

— Ahí está el detalle: la solución de Cuba está en sus manos. Como estuvo cuando adoptó —para, en primer término justificar su soberanía a lo moderno— el marxismo-leninismo del Caribe sin consultar al pueblo cubano ni un carajo. Ahora tiene la oportunidad de deshacer lo mal andado al mismo tiempo que conserva el trono. Sólo hay un requisito esencial: que abandonemos la monarquía absoluta —que es lo más anticubano que existe— y adoptemos la monarquía constitucional. Garantizar los derechos humanos del más débil y no dejarlos al arbitrio de la policía política y los actos de repudio.

— Pero lo que propones es imposible, hay muchos obstáculos.

— Ya te he dicho que, a las diez de últimas, hay uno solo: todo depende de El Comandante en Jefe.

— Pero el Comandante es monarca absoluto, no querrá disminuir su poder.

— También lo era Juan Carlos. Así lo dispuso el Generalísimo... ¿Y qué me dices de los reyes absolutos británicos, escandinavos, holandeses, piamonteses, japoneses que supieron aceptar la democracia aunque en algún caso fuera sólo para salvar su trono? Esto funcionó y funciona. ¿Me vas a decir que la democracia de Noruega o de Dinamarca no es una gran democracia?

— Es imposible hacerlo aquí.

— Claro que es imposible. Pero lo es por culpa del factor humano que se niega a reconocer la realidad sin miedo. Y en política —particularmente cuando hay dictadura de por medio— cuanto más lógica es una idea, más imposible es de realizarla. Mientras el poder absolutista sea la clave del régimen, en Cuba podrá haber dolarstroika pero no perestroika. Y el cubano no come arroz con frijoles conque Pierre Cardin abra un restaurante para burgueses, internacionalistas del dólar y las putas en La Habana.

El estudiante exhaló un suspiro de desánimo. Compartieron un buchito de café angoleño que el primo de Lenin, Roberto, había traído de Luanda con un balazo en la pierna y una condecoración de combatiente internacionalista.

32

A Lenin, el Departamento de Seguridad del Estado le propuso participar en una **queimada**. El manuscrito debía ser incinerado.

Conforme a las prácticas habituales, la queimada del documento subversivo debía ser voluntaria y hasta entusiasta. Una recapacitación ideológica a la luz del materialismo histórico.

El propio Lenin, noblemente arrepentido —según se informó a la prensa— depositó la tesis en el incinerador de basuras de Seguridad del Estado, situada en la antigua sede de los Hermanos Maristas, en cuyas docentes aulas se aposentaban hoy los locales de interrogatorio, confesión y propósito de enmienda.

Lenin no supo nunca quien lo había delatado. Sólo tres personas, aparte de Hernán, sabían algo —no mucho— de la tesis: su antiguo profesor, un íntimo amigo, su novia.

Lenin hizo una de las más inolvidables autocríticas que se conocen en los anales del pensamiento cubano, tan enriquecido en los últimos treinta años con estas ceremonias. Salió pronto para la calle y ni siquiera fue llevado a juicio, una prueba más de que un Gobierno que respeta los derechos humanos no tiene por qué temer a nadie.

Y como era justo y necesario a Hernán lo expulsaron de la Universidad. Previamente, según era costumbre, tuvo lugar una sesión de limpieza ideológica. Uno por uno, destacados profesores y alguno de sus queridos alumnos se levantaron y condenaron el desviacionismo de la tesis y la vergonzosa complicidad del mentor. Asistieron al acto de masas universitarias unos compañeros del Ministerio del Interior que rara vez dejan escapar una oportunidad de mejorar su cultura.

Se nombró un comité mixto (profesores, estudiantes y agentes de Seguridad) con la misión de estudiar las medidas imprescindibles para combatir el abuso de la libertad académica. Que como señaló con originalidad el decano, no podía convertirse en libertinaje.

Otrosí: Se ratifica la decisión del claustro de 26 de Julio próximo pasado de Vencer o Morir.

A Hernán el Tribunal Popular lo condenó a dos años y seis meses por deformación docente. En el sistema kafkiano de justicia su abogado defensor le había pedido dos años.

Las gestiones que hizo su madre para defenderlo fueron inútiles. Un compañero de su marido mártir, le explicó la verdad en términos pugilísticos: —Caridad, el sistema político es diferente a todos los anteriores: en este Gobierno no hay toalla.

A raíz de estos sucesos, el pensamiento cayó en desuso en la universidad.

33

En el mar no se es más que un hombre. Como otro cualquiera, menos que otro cualquiera si el cualquiera es marinero. En el mar todo hombre, por muy intoxicado de ambición que esté, se convence de que no es el centro del Universo. Pero ese conocimiento tan sano —base de toda moralidad— se esfuma en tierra. En tierra los uniformes se apresuran a establecer castas —más o menos disfrazadas según la retórica de moda— desde comandante en jefe hasta la de compañero combatiente de la recogida de basuras mérito sanitario cordón blanco.

En este oleaje que me rodea, no hay castas, únicamente naúfragos de la vida breve —¡maldita ola! Me parece que debería ser requisito del Poder, el que todos los jefes de gobierno pasaran dos semanas al año solos en medio del mar. Es de suponer que todos estaríamos mejor gobernados. Y adelantaría mucho la paz de los pueblos. La humildad en el gobernante es el requisito de la democracia.

*

Mientras Hernán estuvo preso, su madre falleció de un paro cardiaco. María Caridad había estado enferma del corazón desde poco después del asesinato de su marido. En 1960 había pasado un tiempo en un hospital de Praga, pero su condición no había mejorado mucho. A Hernán le permitieron abandonar el encierro por un día para asistir a los funerales.

*

Un día llegó la libertad y con ella la forma más refinada de condena. Primero fueron los largos meses de esfuerzos inútiles para conseguir empleo, cualquier tipo de empleo ya que enseñar era pecado. El contrapunto de esfuerzo, esperanza y rechazo desmoralizó a Hernán más que los dos años y medio gastados entre cárcel y campo de concentración (el cual nunca se llamaba así, únicamente lo era). En el cautiverio había mantenido una rebeldía interna que, si no había mejorado sus condiciones de vida, le había permitido sostener su espíritu. Había resistido el poco limpio lavado de cerebro —sistema enseñado a la Seguridad cubana por la "inteligencia" checa— y había ayudado a sus compañeros de encierro a no deshacerse en fragmentos de miedo, objetivo científico de los policías checo-cubanos.

Pero ya en la calle, el ánimo se le fue pudriendo a pedazos, un poco más cada día como ocurre al plátano abandonado al sol. Su mayor tragedia fue romper con Nadia. Rompió con Nadia, en parte por la vergüenza de no encontrar trabajo, pero principalmente por el temor de unirla a un destino que se prometía catastrófico. "Yo puedo trabajar para los dos" le había dicho Nadia y esto lo desesperó aún más, se imaginó explotando el sueldo, no muy elevado, de la mujer que más había querido. Y sabía que un día cualquiera, con pretexto o sin él, volvería a ser encerrado por las fuerzas del orden y la disciplina, deidades todopoderosas del Estado y que, algún día, la prisión la alcanzaría a ella también. Aunque sólo fuera como recurso para lograr que él hiciera confesión pública de sus pecados. La confesión era el único sacramento de la Iglesia que había conservado el Estado.

Continuar con Nadia sería un acto de egoísmo por su parte, porque él no podía protegerla. Pero separarse de ella iba a ser vivir a media vida. Así pasó semanas en estado de angustia, una angustia que iba horadando día a día su entereza y reemplazándola por una desesperación silenciosa. ¿Qué te pasa? Nada. Los esfuerzos de ella fueron inútiles como inútil su cariño dulce. El se encerraba en un laberinto de contradicciones que sólo coincidían en no ofrecer salida y él era demasiado lúcido para engañarse con una salida sin salida.

A Lucía, la mujer de tío Gonzalo, después de haber esperado tres horas y media en la cola del boniato y los plátanos burros y ya a punto de llegarle su turno, la habían agredido unas mujeres del Comité de Defensa al grito de gusana. Lucía regresó a casa sin boniatos y sin plátanos y con morados y cardenales en todo el cuerpo, amén de pelos de menos en su negra, rizada cabellera que Gonzalo adoraba "primero me enamoré de tus ojos y enseguida de tu pelo". Hernán y Pedrito estaban en la casa. Gonzalo llevaba unas horas en la antigua Villa Marista, hoy palacio de la Seguridad del Estado, contestando el interrogatorio de la semana.

Lucía, al llegar, se encerró en el baño. Hernán la escuchaba llorar, Pedrito golpeaba, inútilmente, la puerta. Hernán lo sacó a la calle, el niño le pegó una patada. Los vecinos miraban tras las persianas de madera despintada. Junto a un farol sin luz, dos policías sin uniforme discutían los resultados del juego de pelota que era una de las pocas cosas que seguían sin racionar, y de vez en cuando observaban ya sin entusiasmo, los acontecimientos.

Cuando volvieron a la casa, Lucía se había compuesto; con la cara lavada y los ojos febriles estaba casi guapa a pesar de los golpes. El niño se abrazó a la madre y gritó: — Ya verán los malos cuando regrese papá del trabajo.

Cuando regresó Gonzalo, Lucía le pidió que se fueran, éste no es país para educar a tu hijo, lo harás un desgraciado y su vida será aun peor que la tuya.

— Mi deber está entre los míos. Yo no puedo irme. Si te es imposible vivir aquí, tú puedes hacerlo, aunque yo no quisiera que te fueras pero lo acepto si no hay más remedio, Lucía.

—No te quieres ir porque en el fondo sigues siendo uno de ellos. Gonzalo negó con un gesto. Lucía continuó lamentándose. Súbitamente increpó a Gonzalo: —¡Comunista!, ¡comunista!— y lo agredió con los puños, golpeándole la cabeza. Gonzalo se limitó a agarrarla por las muñecas y alejar los golpes. Perdóname —dijo Lucía— y se echó a llorar en su pecho.

Estos recuerdos de hace sólo seis días se le encharcaban a Hernán en la mente. Este era el futuro.

No.

Nadia, enfermera, trabajaba turno y medio en el hospital. El pensaba que lo hacía para ahorrar para la boda. Y así era. Cuando él le dijo que tenían que separarse porque no había futuro y él no podía sacrificarla para siempre, ella estaba tan agotada de sufrir que no puso objeción. Sólo los ojos se le llenaron de lágrimas y él besó las lágrimas. Ella se agarró por un instante de su cuello.

34

Hernán se sintió lleno de odio, por primera vez después del asesinato de su padre. Fue a ver a un amigo que estaba en cierta posición importante y que sabía inconforme. Hay que hacer algo, no podemos dejar que el país se pudra día a día —le dijo Hernán. — ¿Tienes armas? — No. — Entonces olvídate, este es el gobierno de la metralleta y la delación, con el altoparlante como salsa. Los únicos que pueden hacer algo son los mismos que sostienen al régimen con las armas. Era la misma conversación de siempre, pensó Hernán.

Visitas a otros seis compañeros produjeron exactamente los mismos resultados con distintas palabras. El séptimo rogó a Hernán que no volviera a verlo más: lo perjudicaba. Semanas más tarde uno de los seis fue detenido. Fue lo bastante hombre para no delatar a nadie.

Poco después la prensa internacional se hizo eco de que en el país había estallado una epidemia. Las noticias siempre se publicaban tarde e incompletas. Dos epidemias eran letales herramientas de gobierno: la delación y el miedo. En el Paseo del Prado, frente a la estatua de Martí, se colocó el busto del chivato.

Pasaron los meses grises bajo tu cielo azul. Un día Nadia se casó con un admirador de largo tiempo. Uno de esos hombres que nacieron pacientes y no se desaniman por los desaires del sexo femenino, uno de esos hombres virtuosos que terminan llevándose a la cama a la mujer que quieren.

El hermano de Hermelindo tenía un negocio de automóviles en España, en la provincia de Teruel, y mandó dinero para que salieran por Madrid. Ahora están instalados en Miami.

En Cuba los días seguían de muerte o muerte.

Y es que una persona encuentra a otra un instante en la vida y luego la pierde. Y ya no hay vida, sino memoria.

*

Sigue lloviendo. La noche se ha ido haciendo más fresca, con la mojadura el fresco se hace frío, mareo, ganas de vomitar sin nada en el estómago, calambre en las piernas, la cabeza se siente ligera como si flotara sobre las aguas negras, algo choca violentamente con el bote, es un pedazo de madera con dos clavos. Lo recoge: es de alguien que no llegó. Dios sabe si perdió la esperanza o simplemente las fuerzas.

Está tiritando de agua y frío. Hace ejercicio con los brazos cuidando de no inclinar el bote, no entra en calor pero se ilusiona: está haciendo algo. Las cosas hay que hacerlas aunque no haya motivo. Porque sí. Si no hay motivo, peor para él. El hombre libre no tiene motivos, él no es libre pero se inventa la libertad por unos instantes, por este tiempo y por el que viene.

Y faltan pocas horas para que el sol le seque la camisa sobre la piel y empiecen a arder las ampollas en el infierno el sol es caribe. Y ahora llueve más fuerte, son las gotas gruesas de la tormenta tropical, el dios Mabuya descarga sus rayos en el horizonte iluminando por un instante las aguas negras. La boca abierta recoge en la lengua hinchada gotas de agua de lluvia. Más que alivio es suplicio pero no puede hacer otra cosa.

La luna vence a la oscuridad por unos momentos y se asoma desnuda de nubes. Si fuera poeta le hablaría a la luna suave pero odia hablar cuando no le contestan. Si llega a tierra se hará poeta del amor en acción de gracias por este instante. Contempla la blanca luna medio desnuda como una mujer preciosa que se ha ceñido una toalla blanca para salir de la ducha. Y que nos da la bienvenida que no esperábamos encontrar y nos embarga de júbilo.

35

No era más que semiconsciente de la metamorfosis que se iba operando en su personalidad, alteración que algunos llamarían desánimo, salpicado de escepticismo y otros, los biólogos darwinistas, adaptación a la lucha por la vida en condiciones difíciles. El no era una excepción pues en casi todos se había ido operando el cambio aunque su intensidad, contenido y evidencia difería de unos a otros. Lo indiscutible era que el apartheid hotelero, gastronómico y comercial a que era sometido el cubano por el Gobierno, había cambiado, tal vez para siempre, su perspectiva de la vida. Pensaba que de tener éxito los nuevos planes de inversión capitalista en sociedad con el Gobierno Revolucionario, la Perla de las Antillas se convertiría en una nación de camareros y policías. Explotados y explotadores para siempre en medio de un carnaval de disfraces. Y, fieles combatientes del internacionalismo, las putas que se congregaban dondequiera que hubiera extranjeros. Habían llegado a formar parte del paisaje cabe los hoteles como las palmas reales. Hemos de poner la justicia tan alta como las putas. Cuarenta años de consignas terminaban en ésta.

Al principio las combatientes internacionalistas del frente cameral habían sido perseguidas, luego toleradas, y ahora alentadas sin ambages como productoras de divisas. En la lucha contra el imperialismo, la cama caliente había adquirido categoría de trinchera económica. Los delirantes soñaban con que la zafra horizontal llegara a equivaler al sesenta o sesenta y cinco por ciento de la zafra azucarera en la obtención de divisas. Sin excluir la exportación de mulatas —a seis mil dólares el par de caderas— que denunciara un periodista francés, lo que le costó al galo la expulsión del territorio nacional y una sarta de ignominias. Hernán pensaba que cuando Lenin —en una situación de emergencia y hambre sin paralelo— estableció la Nueva Política Económica (NEP) en la Unión Soviética, no se había atrevido a tanto, tal vez porque le quedaran escrúpulos revolucionarios.

A la consigna del régimen **Marxismo-Leninismo o Muerte** cuyas letras lumínicas brillaban inmarcesibles en la noche habanera, el turismo internacionalista había incorporado la de Bollo o Muerte.

Si al comienzo jubiloso de la Revolución Cubana uno de los logros había sido convertir a algunas putas en honestas, el Gobierno "Revolucionario" hoy devenido en empresario turístico, había convertido a muchas honestas en putas.

Hernán se había hecho amigo de Zoraida por esas cosas que tiene la vida que siempre nos sorprende con la relación inesperada.

— Una habitación con vista al mar.

La miró con asombro. ¿Cómo se atrevía una nativa a solicitar habitación en este hotel donde ella bien sabía que sólo los extranjeros podían calentar el culo?

— Tú sabes que no puedo darte una, niña. No soy yo el que manda, lo siento, cariño, Patria o Muerte.

— Soy la secretaria de... (aquí un nombre conocido del otro lado del charco, muy reputado)

Hernán sonrió con indulgencia y una cierta tristeza que sabía disimular ante los demás. — ¿Tienes pasaporte?

— Mi pasaporte lo llevo en el lugar necesario —afirmó ella con frescura y sonrisa de piernas abiertas.

— ¿Me lo muestras?

— A ti no. Eres cubano y no tienes donde caerte muerto. Y yo no voy por la libreta de racionamiento. Yo soy como las diplotiendas: si no tienes dólares, no tienes cositas.

— Pues tú aquí ni con dólares. Es la ley de la Revolución.

— Vete a la mierda.

— En ese caso me iría contigo pero estoy trabajando, mi china.

*

Una hora más tarde lo requirió el administrador, visiblemente cabreado. Me acaban de llamar de arriba y me han dicho hasta alma mía. ¿Que cómo nos atrevemos a negarle un cuarto a un inversionista de envergadura?

— Pues no sé.

— Es que se trata nada menos que de…

— Ese señor no ha venido aquí.

— Vino su secretaria que es igual.

— Vino una jinetera de la división blindada. Sí es cierto que alegó actuar a nombre y en representación del inversionista.

— Eso, Hernán, no es asunto suyo, haberle dado el cuarto y asunto concluido. Si es secretaria o no es secretaria eso son cosas que ningún hotel decente trata de averiguar.

Afuera le esperaba Zoraida con blusa transparente y sonrisa de la Marcha Triunfal de Rubén Darío.

Consideró en su plenitud los argumentos de la muchacha. Era una de esas chicas que aparecen troqueladas como **tropical girls** en los carteles de las agencias de turismo de las más acreditadas metrópolis: La estatura algo más que mediana; los ojos negros, enormes, naturalmente acariciadores; la piel blanca, con un toque de bronceado, firme, suave, jugosa como el mango maduro, el cuello de ballet de Tchaikowsky; los labios carnosos, turgentes, rosados; la nariz fina, suavemente recta y pícara; el pelo negrísimo, sedoso, cayéndole en cascada hasta poco antes de la cintura de abeja del trabajo; los pechos completos sin excesos, erguidos y cincelados, a juzgar por el anticipo generoso; ligeramente ancheta de caderas como por siglos ha recomendado el arcipreste; el pie pequeño de la criolla de reserva; el nalgatorio noblemente alzado y agresivo sin excesos caribes; los muslos gruesos, dulces compañeros de la minifalda de algodón que escasamente la arropaba y a la que el viento sinvergüenza hacía revelar el panty blanco de encaje y fabricación capitalista.

Al lado de la bella, y pasándole las manazas puercas por los hombros, la bestia de la burguesía internacional, sonrisa brutal de especulador suertudo, ojillos a la grasa, calva desierto de California, orejas electrónicas; billetera, portafolio y vientre abultados. Una estampa de triunfador, portada de revista del corazón económico.

La bestia capitalista no se dignó mirar al ciudadano del Primer Territorio Libre de América. La chica miró a Hernán con una sonrisa de estoymuybuena, miraloquequieras tengomás y nometoques, erescubanomierda, sonrisa que, compasiva, dulcificó al punto de buscadólares y veremos, mi chino, camaomuerte, venceremos.

Les dio la mejor habitación con vista a las hermosas olas del Caribe azul; no era cuestión de arriesgar un segundo despido que la anotación en el carnet de trabajo haría eterno, patria o muerte. La suite de V.I.P. era la misma en que —según contaba la tradición cubana, tan rica en este tipo de anécdotas— se había hospedado el compañero Brezhnev con dos azafatas mulatas en su visita de solidaridad proletaria. No en balde el corazón del líder soviético terminó fallando y con él las posibilidades de liberación de los pueblos del mundo. Algún día se escribirá la intrahistoria de los conductores de la humanidad que sucumbieron al contacto caribe en la noche tropical.

*

Con el tiempo se fue haciendo amigo de Zoraida. La joven era de lo más selectivo que como puta se daba en el Caribe, incluyendo las costas de México, Panamá, Venezuela, Barranquilla y la América Central. Un atractivo adicional: la chica competía entre las más educadas que se habían dado en la carrera desde los tiempos atenienses de Friné. Su vocación inicial había sido la de maestra y hasta había completado los estudios antes de darse cuenta de que en la sociedad sin clases había otras cosas que enseñar que se pagaban mucho mejor.

La amistad entre Zoraida y Hernán era platónica y solamente en ocasiones muy especiales, aristotélica. A mí me gustan los hombres de dos clases: o con plata o platónicos —afirmaba la educadísima ramera. Hernán, que a pesar de su dedicación turística de patriaomuerte, nunca había dejado de ser historiador, aprendía de Zoraida la intrahistoria del hombre nuevo, aquélla que mencionara el vasco de Salamanca como lo más cercano a la verdad en este valle de lágrimas. Algunas revelaciones de la joven lo dejaban pasmado. Si no la considerara puta honesta, no sería capaz de creerlas.

Había dos clases fundamentales de putas: putas Patria o Muerte, y putas putas, o fleteras lumpen, terminología técnica del marxismo, que el poder cubano del vocablo había convertido en **lumpotas**. Las putas Patria o Muerte entregaban la tercera parte de sus ingresos a la Policía Revolucionaria, la que cobraba además el derecho de pernada socialista.

166

En cambio, las lumpotas eran, a todos los propósitos del orden público, asimiladas a contrarrevolucionarias de orientación vaginal, sistemáticamente perseguidas como "lacras sociales" y frecuentemente empacadas para los campamentos de rehabilitación ideológica, en unión de los siempre discriminados homosexuales. Para una puta de raza no había peor castigo que la cohabitación con machos homosexuales. Es que se siente una inútil. Milagritos —una buena amiga de Zoraida— había estado dos años recluida con otras sesenta lumpotas y quinientos maricones en un campo ideológico allá por Victoria de las Tunas. "Créemelo, Hernán, la pobre cuando salió estaba muy deprimida. Y ha tenido que acostarse con un psiquiatra chileno para pagarse la terapia".

Un día Zoraida lo invitó a su casa y Hernán aceptó, entusiasmado, en la esperanza de compartir una velada más aristotélica que platónica. La compañera patriaomuerte vivía en la hermosa playa de Tarará, que el espíritu de empresa de un yanqui aplatanado convirtiera en residencia de ricos hace más de medio siglo y hoy refugio de enchufados sociolistos.

— Tienes tremenda casa —exclamó Hernan, impresionado a su pesar— ¿cómo conseguiste esto?

— Pertenecía a una gusanota de mierda que se marchó para Miami.

— Claro, pero ¿cómo fue que te la dieron a ti? tú no eres dirigente del Partido ni capitalista extranjera.

— Te diré la verdad, este niño: no la conseguí yo, sino mamita.

— ¿Y qué hizo?

— Lo mismo que su hija. Pero —como mamá es lo que se dice chapada a la antigua— con uno solo: el dirigente de la Confederación de Trabajadores (CTC) de aquella época.

Hernán recordó lo que solía decir hace muchos años tío Gonzalo: El secretario general de la CTC distribuye casas y apartamentos de los burgueses entre los trabajadores, pero eso incluye hasta cuatro docenas o cinco de compañeritas que han tenido que acceder a las casas a través de su cama. El procedimiento no me parece revolucionario cuando hay tanta familia pobre sin casa, y tantos jóvenes que esperan por un cuarto para casarse. Esto es una inmensa coña disfrazada de patriaomuerte, y lo único cierto es la muerte para el que se oponga. Mientras tanto la propaganda exterior, inocente o interesada, nos sigue presentando como la esperanza de Hispanoamérica. Manda timbales.

Hernán quiso comprobar el autor del requisito ideológico: —Te refieres a...

— Sí me refiero a. Un completo hijodeputa —según comentaban en voz baja los obreros— pero al menos era hombre agradecido con el sexo opuesto. Ahora hay muchos jerarcas del Partido tan hijoputas como él, pero no agradecen nada. Se creen que dentro de la Revolución viene incluido el bollo gratis.

Hernán, que no estaba muy seguro de las lealtades de la chica y ya había pasado una vez por un campo de concentración, cambió discretamente el tema: — ¿Y todas estas preciosidades —señaló para los objetos de lujo que atiborraban la casa como si fuera una tienda de antigüedades— de dónde las has sacado?

— Esto es fruto de mi trabajo y de la destrucción de la clase burguesa. Ves aquella estatua ¿la que representa a la diosa Venus saliendo del mar en cueros?

— Una maravilla de gracia y sensualidad, el alabastro parece carne de mujer, un hombre podría enamorarse de ella.

— Pues vino de París. Se la compré a la marquesa de Los Mameyes. Una familia de rancio abolengo si las hay en Cuba. La marquesa necesitaba dólares para pagarle a un embajador de un país hispanoamericano la visa de tránsito por su país. En aquella época yo tenía de pagano, con derecho de exclusividad de colcha, a un inversionista holandés y algo viejo, muy ejecutivo, que me había contratado como secretaria para cargarle la cama a su compañía y rebajar impuestos. Y como la marquesa quería una cantidad de cierta importancia —esta estatua la compré en Montmartre, señorita— le pedí un anticipo. El holandés era todo un caballero de Amsterdam y gracias a su munificencia quedamos satisfechas la marquesa y yo. La marquesa se le escapó al Comandante y sacó la estatua de la casa antes de que le hicieran el "inventario de salida", **mojando** al presidente del Comité de Defensa que necesitaba un televisor japonés para los niños.

— No hay manera de escaparse del puto mercado. No desaparece sino que se sumerge y se corrompe más como necesidad estancada.

— A mí no me vengas con esas cosas. No como con teorías. Y mis consumidores son muy prácticos. Se mueren por las cuevas de Bellamar.

— ¿Y aquello? —señaló para un buda en lapislázuli que, entre tanta mujer desnuda, mantenía su serenidad a duras penas.

— Ese es un santo chino —respondió Zoraida.

— Y ¿cómo te lo agenciaste?

— Verás, mi corazón: el santo ese pertenecía al dueño de una fonda de chinos que lo había recibido como obsequio de la comunidad de pasanas de La Habana, porque el narra era dirigente activo del Kuochilán.

— Querrás decir Kuomintang.

— Sí, creo que así le decían, a mí el chino no me entra. Fue una decisión temprana que hice en mi carrera. No se siente igual.

Pues verás, este pasana, que no vayas a creer, se forró de billetes durante la época burguesa, a pesar de que había venido de

Cantón con una mano atrás y otra alante, sufrió después la mar de altibajos a pesar de lo listo que era. Al año del triunfo de la Revolución, Andrés Li Couceiro —que así se había inscrito el chino— abandonó el Kuo ése y fundó el Primer Comité de Amigos de Mao del Barrio de la Víbora. Ese chino se le escapó al diablo. Por varios años, Andrés gozó de inmenso prestigio en los medios revolucionarios y hasta viajó a China con la comitiva de Dorticós en la primera visita que un mandatario caribe haría al Celeste Imperio Revolucionario. Tanto a nuestro Dorticós como a Andrés Li Couceiro se les indigestó un huevo enterrado por treinta años que les ofreció como una delicadeza la dirigencia del Partido Hermano. Más tarde cuando nuestro Comandante en Jefe denunció vigorosamente a Mao —horrorizado al ver que el chino practicaba el culto de la personalidad— Andrés Li rompió todos los vínculos con la madre patria. Y rebautizó el restaurant La Perla de Cantón con el nombre de Trabajadores del Volga en impresionante ceremonia a la que asistió el agregado cultural de la Embajada Soviética. En 1991, el compañero Li cambió el nombre del restaurant a Bicicletas del Cielo, en ceremonia presidida por el vicecónsul chino, o alguien de por allá que estas cosas las olvida uno pronto. Pero el compañero oriental parece que empezó a cansarse de tanto puñetero cambio y me vendió el santo —míralo, es una belleza— y con los dólares que me sacó, le compró un bote en buenas condiciones a un compañero del Instituto de la Pesca cuya mujer necesitaba una lavadora y un refrigerador nuevo. Me han dicho que Andrés Li Couceiro tiene ahora un restaurant en Miami, en el mismito Downtown, y que le ha puesto el nombre de El Celeste Imperio. Parece que cuando el Presidente Bush estuvo en Miami durante la campaña, comió allí. Las cosas que tiene la vida, chico. Y después es a mí a quien llaman puta.

*

Zoraida se ausentó, sin explicarle por qué y Hernán se quedó rumiando por sugerencia de las hormonas, la anatomía de la joven. Ella regresó al cabo de unos minutos. Se había cambiado de ropa. Estaba monísima —el gran encanto de Zoraida es que nunca parece puta— sabe encontrar el equilibrio entre la sensualidad femenina y el candor. Algo así como una madonna de Botticelli que estuviera a punto de desnudarse ante nuestros ojos.

Zoraida nunca se pintaba en exceso ni se vestía como profesional del lecho. Más bien daba la impresión de ser una alumna de las Madres Teresianas que se había desviado —pero nunca en exceso y exclusivamente para nuestro placer— del sendero recto. Vestía unos shorts negros de algodón cantonés, ceñidos a nalgas y caderas antillanas y ajustados a la estrechísima cintura con un lazo rojo que proclamaba su devoción a Changó y que se adivinaba fácil de desatar. Cubría las suaves colinas del torso con un niki blanco —abusadoramente apretado— que revelaba su busto firme, completo sin excesos y ofensivamente erguido, y sobre él, impreso en delicado verde esperanza, la consigna revolucionaria del día: **Soy una fuente de divisas.**

36

Las célebres Comparsas de La Habana

(Reproducido por cortesía del periódico Clarín)
De su corresponsal en La Habana, don Pelayo Berdayes

El Carnaval de La Habana ha disfrutado por varias décadas de merecida fama internacional, por ello no hemos escatimado esfuerzos para ofrecer a nuestros lectores a través de nuestro corresponsal don Pelayo Berdayes Salinas, una visión exclusiva del sabor caribe y ritmo de pachanga que caracteriza a esta fiesta singular, sin paralelo en el resto del mundo:

Si el Carnaval de La Habana es único y hasta de naturaleza increíble para el que no lo haya presenciado entre bastidores, no hay duda de que gran parte de ello se debe a la institución de las comparsas. ¿Qué son las comparsas? No basta hablar de sus orígenes en que se mezclan los ritos ju-ju de los mandinga, las cumbanchas de Guinea, el bembé de los babalaos, las ceremonias abakuá del golfo de Benín y el temido mayombe del Congo. Y finalmente, en una proporción que la investigación más rigurosa no ha podido desglosar, los préstamos culturales aportados a lo largo de los siglos por la madre patria y entre los cuales es justo destacar las Fallas de Valencia, los carnavales de Sevilla, las verbenas de Madrid, los carnavales canarios y hasta la Procesión de la Güestia.

La comparsa de La Habana es la comparsa. Bachata, cintura y bongó que es alma del carnaval en la Perla de las Antillas. Únase a todo lo esbozado el hecho de que los capitanes generales españoles acostumbraban a recibir solemnemente una vez al año a los cabildos de las cuatro principales naciones africanas representadas en el pueblo cubano: lucumí o yoruba, arará, carabalí y congo. Cada jefe de nación recibía una onza de oro de las manos del capitán general, hábil recurso que permitía a los jefes afirmar seriamente que eran los blancos los que en señal de vasallaje, pagaban tributo y hasta nos dan la cara de la generosa reina. De esta forma Isabel II contribuía en no pequeña parte al mantenimiento del orden colonial. A continuación los esclavos celebraban el desfile de danzas y comparsas y luego la celebrada e integracionista merienda en que el boronchu preñau era acompañado por el arroz con frijoles negros y el queso de teta gallego se mezclaba al dulce sabor de la guayaba. Y corría ron y vino del Ribeiro. En cuanto a la efigie en oro de la Reina era costumbre que el resto del año presidiera un desenfrenado bembé en que las esclavas en trance se despojaban de sus vestiduras y robustos macheteros hacían las veces de los rijosos mozos de la guardia real en versión caribe de los jardines de Aranjuez. Fue el capitán general J. Dionisio Vives el que aseguró, con cómodo escepticismo, que todo el secreto del arte de gobierno estaba en el violín, el bongó y la pelea de gallos. Vives se ocupó también de que no faltaran en los barracones el arroz con frijoles y el bacalao de Noruega.

No fue hasta finales del siglo XIX cuando las comparsas de los cabildos que inicialmente "echaban como é" en el "Día de Reye", comenzaron a desfilar en los carnavales, lo que cambió para siempre tanto la naturaleza de éstos como la de las comparsas, acentuando el ritmo sabrosón y adquiriendo un aspecto sensual en que, cada año de conga y disfraz, todo es chévere y posible por seis días de libertad. Los romanos se quedaron chiquitos con sus saturnales. En los años veinte de la República, un casto ministro de Gobernación reprimió por decreto, publicado en la Gaceta Oficial, el meneíto de las comparsas calificándolas de "símbolo de barbarie" y costumbres primitivas "perturbadoras del orden social" que ofendían a la civilización de todo un pueblo. Pocos años después las perseguidas comparsas volvieron a la legalidad y ya nadie recuerda el nombre del pudoroso ministro. Digamos ahora como los viejos lucumíes: Salú y aché.

El simpático guía del ICAP (Instituto Cubano de Amistad con los Pueblos del Mundo), acompañó a este corresponsal a una visita de asombro y magia del trópico. Iba a disfrutar a mi sabor de cada una de las comparsas que aguardaban su turno para **arrollar** en disciplina revolucionaria, jelengue sabrosón y caderas cimbreantes de café con leche en el Paseo del Prado bajo la mirada comprensiva y nostálgica de los leones de metal que en un tiempo representaron el poder de España y hoy contemplan el poder de los turistas y la trata de mulatas en el gran paseo que se nombró por el homónimo de Madrid. En La Habana, la diferencia infranqueable entre cubanos y españoles es que los cubanos bailan cha cha cha, y los españoles, pasodoble. Suspiros de España, El beso, Currito de la Cruz. En las Comparsas se produce la integración que no lograron los capitanes generales: todos bailamos la rumba, la conga y el montuno. Baile pero baile.

Oye, colega, no te asustes cuando veas
oye, colega, no te asustes cuando veas
al alacrán tumbando caña
al alacrán tumbando caña
son cosas de mi país, mi hermano
son cosas de mi país, mi hermano

Por unos momentos este corresponsal no pudo resistir el encanto de la música pegajosa y comencé a "echar un pie", apretando, en gesto de solidaridad con las masas, las caderas de mi vecina. Gallego: está bien, pero de ahí no pases que mi novio viene moviendo la farola.

Vino a salarme mi alegría de coco, una comparsa desfilante de señores muy serios y al parecer importantes, cuyo porte, ropa y catadura desentonaba del jolongo afrocubano. Contemplé con una sensación desasosegante de anacronismo, a estos graves señores, blancos y hasta rubios que se rascaban los sesos por no rascarse otros órganos y que manejaban computadoras de interminables y serpentinas cintas, mientras discutían arcanos en secreta voz.

— ¿Quiénes son éstos? —interrogué a mi guía, seguro de estar contemplando la versión caribe de los Siete Sabios de Grecia.

— Esta es la Comparsa de la Junta de Planificación y Desarrollo Económico. Son los modernos alquimistas. Los de la Edad Media soñaban con convertir el carbón de piedra en oro y los nuestros han aprendido a convertir el oro en carbón. Si no ¿cómo iba a ser posible que después de que los hermanos soviéticos invirtieran sesenta y cinco mil millones de dólares en nosotros, nos hayamos quedado comiendo hierba con una mano atrás y el Partido delante? Mi padre dice que estamos peor que hace medio siglo. Que con aquel presidente catalánasturiano, todo el mundo tenía cinco pesos en el bolsillo y compraba un montón de cosas y que ahora todo el mundo tiene veinte pero no puede comprar nada con ellos.

Y como nos escuchara uno de los planificadores económicos, éste amonestó a mi guía diciéndole: — Calle compañero, que el despilfarro de la ayuda económica es cosa del pasado. Ahora cuando los inversionistas gallegos y canadienses, comiencen a construír hoteles en todos los rincones vamos a bailar la conga de la abundancia. Lo que le pasaba a los soviéticos era que nos querían explotar como capitalistas de Wall Street.

Comprendí que el compañero de la Junta de Planificación recurría al método caribe de echar la culpa a otro, cualquier otro: el yanqui, el soviético o el canciller español. Pero no repliqué para evitarme problemas con la justicia, que en este país suele ser más justa que en el resto del mundo con la excepción del Congo de Mobutu.

Continuamos andando por el Prado. Yo me sentía viajando en el tiempo hacia el siglo XIX en medio de los viejos portales y las elevadas columnas y la arquitectura en que se mezclaba el sabor colonial con el salsipuedes moderno de la penuria constructiva. Poco a poco me sentí hipnóticamente sugestionado por el ritmo repetitivo del bongó, el compás de mulatas caderas, las farolas multicolores que daban vueltas en el aire, las cabezas y cuerpos de los frenéticos danzantes, la armonía extraña en la confusión de ritmos, el giro de las cabezas y los hombros agitándose en direcciones opuestas, el alarido de dolor que se metamorfosea en júbilo desafiante de a mí-me-matan-pero-yo-gozo. La arrolladora semidesnuda a punto de caer en trance en el suelo y el ecobio que la recoge en el momento preciso sin permitir que se lastime ¡barín! ¡azúcar! ¡abre que voy!

El toque bibijagua
es muy fácil de bailar

> *se baila así, así, así*
> *así na má.*

Más tarde, atrajo y distrajo mi atención, un personaje insólito que sólo pude interpretar como logrado disfraz de carnaval: Estaba vestido de pieles de oveja, casco de metal, abarcas de cuero, lanza de madera y hierro y hedor insoportable y cabalgaba un animal de aspecto horripilante que parecía ser caballo.

— ¿Y este quién es, Virgen Santísima?

— Este es Atila, el jefe de los bárbaros hunos, que ha venido a dar consejos a estos otros sobre el Desarrollo Económico pero que se retira disgustado porque ve que aquí no hay nada que hacer. Si donde su caballo pisa no crece la hierba, él dice que aquí donde el Consejo de Estado aconseja, no crece ni la papaya.

El jefe huno insiste en que le presten diez dirigentes del Partido para completar la planificación de la cuenca del Danubio.

Los compañeros de la Junta de Planificación y Desarrollo Económico enfilaron arrollando hacia la Avenida del Puerto al son de la melódica conga:

> *Yo no tengo la culpita*
> *ni tampoco la culpona*
> *Ahé, ahé,*
> *Ahé la Chambelona*

Pasamos entonces a las calles de Prado y Trocadero, en cuya intersección estaba acampada una comparsa nueva que debutaba este año, en espera de desfilar. Me llamó la atención observar a unos atareados compañeros que con desacostumbrada diligencia laboral abrían unas cajas y colocaban en ellas una serie de marcadas boletas, volviendo a cerrar las cajas con exquisito y fidedigno cuidado. Un poco más tarde acudían unos ciudadanos que con la expresión de ovejas merinas y sin lana, por no tolerarlo este calor tropical, dejaban caer una a una hojas de papel dobladas a través de un agujero horizontal que recordaba el de los buzones, dentro de las ya herméticas cajas. Le pregunté con asombro a mi buen guía:

— ¿Están locos o qué? ¿Será ésta la comparsa de los asilados mentales? ¿Han escapado todos de Mazorra? No veo yo por qué se toman este trabajo inútil. ¿Es que no podían haber colocado todas esas boletas juntas desde un principio al par que las primeras? ¿Dígame, compañero, se trata de la ceremonia de una nueva secta religiosa o de qué diablos?

— Sabe usted poco de la política del hombre nuevo, amigo mío, aunque en el fondo sea más vieja que el timo del entierro. Se trata de algo muy importante en la reforma que estamos estableciendo en la Isla para ponernos a tono con los tiempos que corren. Esto es la comparsa electoral. La más afamada y legitimizante. Es un procedimiento infalible para lograr la estabilidad de nuestra democracia. Somos un ejemplo para los pueblos del mundo que nos envidian.

Ahé, componedores
Ahé, remachadores.

Distrajo entonces mi atención un sujeto de más bien baja estatura, la cual compensaba con poblado bigote que había sido negro a juzgar por algunos capilares que sobrevivían con el color original, y que mascaba una cargante pipa de cuerno; eran sus ojillos fríos e inquisitivos al mismo tiempo, la frente más bien angosta, la cara no era precisamente angelical y estaba salpicada de manchas de viruela; vestía uniforme militar con gorra y se adornaba el robusto pecho con un sembrado de condecoraciones tan tupido que inclinaba al personaje hacia adelante y le obstaculizaba un tanto los movimientos, mientras gesticulaba indignado con los empavorecidos custodios de las urnas electorales y los amenazaba enarbolando en la mano derecha un terrífico knut de los usados en las estepas siberianas para estimular la fuerza laboral.

— ¿Y quién es ese personaje que parece tan poderoso? —pregunté no sin cierto temor al guía del ICAP.

— Calla, calla, que ése es Josef Vissarianovitch Dugashivilii, el líder de masas a quien la historia conoce por Stalin, el hombre que de estar vivo hubiera terminado con esa coña de la perestroika fusilando hasta a los canes que tiran del trineo. Lo ves, está increpando a los agentes de la mesa electoral.

— ¿Y qué les dice? perdóname, compañero, pero yo el ruso no lo he aprendido, sólo hablo castellano y bable oriental.

— Les dice que en su tiempo el voto favorable alcanzaba el 99.7% y que si empiezan a permitir aquí el 91.5%, el régimen corre peligro.

Iba a hacer otra pregunta, ansioso de ampliar mi conocimiento en torno a la soberanía del proletariado caribe, cuando advertí a un compañero de desmesuradas orejas que recordaban al elefante Dumbo y que nos miraba con algún disimulo que no era mucho. El compañero guía, que también lo advirtió, se puso del color de la carne de chayote, y me empujó, nervioso, hacia la comparsa siguiente. La comparsa —un alegre río de carne negra, blanca, parda— arrollaba por el Prado habanero al son de versos de laureado poeta. Me asombré al comprobar que el pueblo cubano de finales del siglo XX se comportaba como el español del siglo XV: modificaba a su gusto la letra afro-castellana del poema y le añadía frases vivas, igual que si se tratara de aquellos romances tradicionales que perduraban en variantes:

"Songo. Bilongo.
Repongo
Propongo
Dispongo."
Quita al "Indio"
que yo me pongo.
Fuácata:
Basta ya
de matraca.

La rumba criolla se permitía la crítica disfrazada y picaresca del que estaba en la guanábana (o, hablando en Castilla: gobierno).

Si había críticos velados, también había combatientes del elogio: En el mismo paseo, entre las antiguas calles de Animas y Virtudes, un grupo de compañeros entusiastas manejaba con habilidad un botafumeiro de peregrinas dimensiones, mientras al mismo tiempo, hombres con aspecto de jerarcas, los obsequiaban con medallas y diplomas. Confieso que la presencia del objeto de culto confundióme bastante y que hube de preguntar a mi guía, en cuanto caí en la cuenta de la posible conexión internacionalista, ¿éstos serán los xacobeos que han importado para las Comparsas de La Habana?

— Te equivocas, periodista celta. Esta es la comparsa de lo que en Cuba llamamos guatacas y vosotros, los peninsulares, llamáis adulones. Desde que el Gobierno Revolucionario decretó, en mala hora, que aplaudir es otra manera de trabajar, el número ha aumentado en proporciones astronómicas. Y es que aquí es verdad de fe fascista-leninista que los únicos que aman a la patria son los que dicen amén a todo disparate, y cuanto mayor es el disparate más digno de mérito y más recompensada en este mundo es la fe. Sin que a ello sea óbice el que cambien de disparate instantáneamente en cuanto cambie el Compañerísimo. Así no hay país que avance un carajo. Ni siquiera con treinta años de regalos de los Reyes Soviéticos, Nikita, Leonid y Andropov.

Uno, dos y tres
qué paso más chévere,
qué paso más chévere
el de mi conga ahé.
Cachimba, catimba,
calimba, sirimba,
te lo digo yo:
Malanga ñampió.

Ahora nos envuelve más allá de la voluntad, magia de los albores de la especie humana en la selva húmeda, el fragor en progresión acelerada, ascedente de los tambores batá, hieráticos, ensalmadores, encantadores de los pies que se dejan arrastrar por la ceremonia. Es la melodía lucumí del **despojo** en un intento de alejar para siempre los malos espíritus. Es un ritual que ni Marx, ni Lenin, ni Federico Engels con tantos volúmenes escritos han podido erradicar del Caribe.

Me boté a Guanabacoa
a casa de un babalao
pa que mirara mi casa
y a mí que estaba salao

El sincretismo afrocubano influyó en las procesiones religiosas de la iglesia católica, particularmente en la de la Virgen de Regla, la Virgen de las Mercedes, San Lázaro y Santa Bárbara. Para lo que nadie estaba preparado —sea leyenda o verdad— es para el rumor persistente de que el general en jefe de la Brigada Solidaria Soviética, antes de regresar a Moscú, se sometió a un despojo y a un baño de albahaca en casa de un conocido babalao del municipio de Jovellanos.

Estacionada entre las calles que la Colonia llamó de San Miguel y San Rafael, estaba una comparsa harapienta que daba lástima. Me llamó la atención el no poder entender una sola palabra del extraño lenguaje en que parecían comunicarse. Me aproximé a dos compañeros que discutían entre sí en exóticas inflexiones de la glotis.

— ¿Es que han vuelto a hablar congo? —hube de preguntar, admirado, a mi guía.

— No hombre, es ruso con acento caribe.

— ¿Son caribes del Volga?

— Perdono tu ignorancia por venir del otro lado del charco. Te diré que es una historia muy triste: Son los que gastaron años de su vida y pestañas estudiando el idioma ruso —la lengua en la que hablaban los ángeles— y ahora se encuentran con que los rusos aquí son ángeles caídos. Hasta el punto de que a uno de los pocos generales que había aprendido bien el ruso, lo fusilaron recientemente.

A mí me pareció todo una flagrante injusticia, después de lo que cuesta aprender el alfabeto cirílico. — ¿Y no podrán enseñar ahora japonés? —inquiero.

— Es que son medios de comunicación algo distintos y parece difícil enseñar el uno por el otro.

— Para mí que fue una lástima que al Compañero Comandante no se le ocurriera que en vez de marxista-leninistas íbamos a ser samurais. Después de todo, él sería el Emperador en cualquier sistema y este era el detalle importante. ¿Y dígame, compañero guía, no será posible rehabilitar a estos desgraciados? Después de todo, ellos no tienen la culpa de que ahora los rusos no regalen el petróleo.

— Como parte de su reciente aproximación a la Iglesia, el Gobierno Revolucionario ha establecido casas de profesores de ruso arrepentidos. Y hay esperanzas fundadas de que aquellos profesores que no hayan adquirido con anterioridad a su creación el certificado de guatacas, sean reorientados hacia el corte de caña.

No pude por menos que contestar, recordando el no muy lejano pasado: —Algunos —dentro de la Revolución— advirtieron sinceramente del error pero no se les hizo caso, se les llamó burgueses y socialdemócratas de mierda. Fueron los que dijeron que seguir el ruso en Tropicana, como asignatura obligatoria, era algo que tarde o temprano tenía que acabar mal.

Al carnaval
de Oriente me voy
donde mejol
se puede gosal

Luego pasó la Comparsa de los Trabajadores Voluntarios, cantando alegres.

Yo no tumbo caña
que la tumbe el viento
que la tumbe Lola
con su movimiento.

En la esquina de Dragones y Paseo del Prado, se destacaba un personaje hirsuto, sucio y desgarbado, con expresión de asesino profesional en uso de licencia, una mata de pelo enmarañada y barba puerca que gesticulaba, frenético, frente a dos jerarcas de mirada grave, mientras les decía a gritos:

— Es que esos treinta no sirven para nada. Yo no los acepto. En las tiendas de turistas no se puede comprar con ellos, y en los otros lugares no hay nada que comprar. Me habéis estafado, cabrones.

— Dime ¿quién es ese sujeto que está tan desesperado? —pregunté perplejo, al compañero guía.

— Ese es Judas que rechaza el pago en pesos. Dice que si no le pagan en divisas extranjeras, no hay trato.

*

Muchas fueron las cumbancheras comparsas que contemplamos aquel día de magia y revelación, pero soy consciente del tiempo limitado de que disfrutan los lectores de Clarín.

Para Vigo me voyyy
mi negra, dime adiós...
Santa Isabel de las Lajas,
bendita Santa Isabeeel...
Virgen de Regla,
compadécete de mí
de miiii...
A Prado y Neptuno
iba una chiquita
que todos los hombres
la tenían que mirar.

Al final, yo mismo sucumbí al ritual mágico. Caí en un trance casi tan poderoso como el del ecobio ñáñigo que entra por primera vez en el cuarto fambá, pero más placentero. Ya no pude hacer otra cosa que lo que hice, abandonándome a las curvas de la diosa Yemayá, pellizqué las caderas de planificación poderosa de una joven mulata y salí arrollando, bajo la mirada cómplice de los leones ibéricos del Prado.

Si tú pasas por mi casa
y si ves a mi mujer
tú le dices
que hoy no me espere
que yo con Pueblo Nuevo
me voy a echar un pie
me voy a echar un pieeeee
Abre, que voy
cuidado con los callos
abre que voy.

37

Nuestro corresponsal en La Habana, don Pelayo Berdayes ha sido detenido por encontrársele en posesión de un reportaje-ficción de contenido puramente imaginario en que Pelayo Berdayes ensayaba el rumbarrealismo existencial. Al parecer, las autoridades de La Habana, según noticia de la que esperamos confirmación o desmentido por nuestro embajador, sostienen que el compañero Pelayo Berdayes difamaba al Gobierno Revolucionario con el mencionado escrito.

Este periódico se une a otros órganos de la prensa española en reclamar la libertad de Berdayes y espera que las autoridades cubanas hagan gala de su habitual respeto por la libertad y los derechos humanos.

*

EXPULSADO GALLEGO AGENTE DEL IMPERIALISMO

El gusano de carácter internacional, Pelayo Berdayes, ciudadano español que se escudaba en su carné de corresponsal para realizar actividades de difamación contra los Poderes del Estado, fue expulsado en horas de la tarde de ayer y embarcado a Madrid en un avión de Cubana de Aviación, "A la vanguardia del progreso aéreo". Unicamente el deseo de acceder a una petición amistosa de los numerosos amigos de que Nuestra Revolución goza en la península ibérica, movió a las autoridades revolucionarias a no presentar a juicio a este agente del imperialismo que parece inspirado por un peligroso tipejo fascistoide de grandes influencias en Madrid. El Gobierno Revolucionario, consciente de su deseo de estrechar los lazos con España pero también consciente de su responsabilidad histórica con la liberación de los pueblos del mundo, quiere hacer constar con carácter de seria advertencia, que en el futuro serán llevados ante los tribunales del pueblo aquellos gusanos que se escuden en credenciales de la prensa burguesa internacional para diseminar calumnias contra nuestra patria y sumarse al acoso imperialista. — ¡Ni un paso atrás! Marxismo-Leninismo o Muerte! Venceremos.

38

La Corriente lo puede todo en el bote sin motor. Es la misma que calienta a Europa con aguas del Caribe y que permite que un mango cubano aparezca en la marea de Bergen, Noruega, y un zapote de cáscara rugosa en las playas de Dinamarca, hecho capaz de despertar en Hamlet otra siniestra duda.

Tal vez Colón fue de los navegantes que se encontraron un zapote en Europa y la fruta desconocida le suministró la seguridad descubridora. En todo caso el Almirante era demasiado listo para revelar el secreto de buenas a primeras a nadie. Con el zapote en la mano, o al menos en la mente, se tiene el coraje para afrontar la ira de la chusma amotinada que exige el regreso a Moguer. El destino de la humanidad alterado por esta misma Corriente que me lleva adonde le plazca.

El balsero optimista espera que la todopoderosa Corriente del Golfo lo arroje a tierra: y en la tierra está la salvación y la vida nueva. El pesimista teme que la maléfica Corriente lo empuje hacia el Atlántico, cientos de millas sin esperanza y un día una tabla podrida encallará en el cabo Finisterre, único recuerdo de un viajero solitario.

Quisiera tener la fe de tío Gonzalo. Ahí sigue con su pequeño grupo de mártires vivientes, vigilados todos los días por los ángeles de la policía, haciendo lo que hay que hacer, aunque al mundo le importe un bledo o los crea más o menos locos. Poniendo la otra mejilla, cuando el Gobierno en una dictadura —en cualquier dictadura, así de derecha como zurda— siempre pega en las dos y si hubiera una tercera mejilla, también pegaría. Y sin embargo, en una forma misteriosa que no entendemos, tal vez no sea inútil. Es lo que decía Martí del principio justo desde el fondo de una cueva: puede más que un ejército. Pero sólo algunas veces, y en la vida moderna requiere publicidad adecuada. Sin prensa no hay mártires.

A Gandhi, que hizo coincidir la santidad con la política, al menos en su alma y en algunas más, de haber sido cubano y no guyeratí, lo hubieran sometido en nuestro país a actos de repudio. Los británicos, imperialistas, aunque con cierta caballerosidad de vez en cuando, no sabían como oponerse a un sadhu que a los golpes y descargas de fusilería de los cipayos, oponía la huelga de hambre. Que lo dejaba en huesos, calva, lentes y espíritu. Pero en Londres había prensa libre aunque no la hubiera en Delhi. Y siempre hay hombres de corazón que —aunque no crean necesariamente en Dios porque de Dios algunas capillas han abusado demasiado en épocas, países, tronos y barrigas— creen en la santidad cuando, raramente, pueden contemplarla. Y así Gandhi fue respetado en Gran Bretaña y Europa y América, aunque seguían fusilando indios en la Joya de la Corona y cuando no fusilaban les pegaban con el lathi. Y un día el santo se hizo demasiado grande para el Imperio, de democracia en casa y dictadura en las colonias porque alguna diferencia debe haber entre negros y blancos si ha de haber orden en el mundo.

Pero Gonzalo no tendrá la suerte de Gandhi. Ni siquiera lo dejarán morir por sus ideales de la bala de un asesino más o menos ambicioso, más o menos fanático. Gonzalo morirá algún día en algún campo de rehabilitación ideológica o cárcel de un ataque al corazón. La muerte favorita en los últimos años. Tal parecía que el ataque al corazón se había hecho contagioso en el Caribe en espera del Premio Nobel que descubriera su cura. Lo más probable era que se tratara de una enfermedad nueva inoculada por los Estados Unidos envidiosos de nuestra prosperidad.

Después del último acto de repudio, Hernán le dijo al tío Gonzalo:

—La dictadura es un gigante con las garras de acero, el cerebro de altoparlante, el culo de barro y la economía de demencia senil. "Nunca antes tan pocos hundieron a tan muchos". Así habría dicho Churchill de ser cubano.

Gonzalo se fue a acostar sin proferir palabra, perdida la mirada en su mundo interior o en la nada. Hernán se quedó jugando con Pedrito. El niño, que había estado llorando, pronto mostró esa increíble capacidad de recuperación que tienen los niños y que ha permitido que la especie humana sobreviva en medio de tanto horror, tanta mentira, tanta mierda. Y pensó en ese instante que si los campos de concentración prueban la existencia del demonio, los niños, cuando sonríen, hacen creer que Dios existe aquí y ahora.

Semanas más tarde cuando fue a despedirse de tío Gonzalo, Hernán sentía el temor de no volver a verlo en la vida y la indefensión de no poder hacer nada por él ni por Pedrito y de leer un día en un pequeño suelto de la prensa americana que Gonzalo había muerto de un ataque al corazón, o tal vez de un accidente con una carreta de bueyes pues los coches seguían disminuyendo en La Habana. Hernán sabía que Gonzalo llamaba al marcharse, fuga; y al quedarse, cruz. Y que Gonzalo creía aún, que la cruz podía redimir a un pueblo en crisis. Para Hernán, la cruz era una desgracia que, alguna vez —lo reconocía— podía ayudar a los pueblos si se disponía de buena prensa: San Pablo, los cuatro apóstoles. Pero que se quedaba en cruz ignorada de todos, cuando las comunicaciones estaban en manos de Pilatos. Es posible —añadió Hernán, para sí— que para Dios la cruz tenga el mismo valor con buena prensa o sin ella, pero yo sólo soy un pobre hombre de una pobre isla en un pobre mundo y no veo más allá del sufrimiento de mi pueblo,

Esa Isla de Corcho rodeada de sangre por todas partes desde hace demasiado tiempo.

39

El mar es la indefensión sin límites y la esperanza limitada. Y la vida trata de ser corcho para terminar siendo plomo. Pero mientras era corcho y las olas jugaban con él, luchaba bravamente en la esperanza de que cada ola que pasaba era una amenaza vencida y había sal y sangre en los labios cortados y la esperanza estaba un milímetro más segura o tal vez diez metros o cien, las medidas no tenían importancia en un magma de energías hostiles. Y así se podía o no avanzar hacia alguna parte donde la naturaleza hubiera colocado un montón de arena sobre el que uno se pudiera arrojar y esperar a que un avión, una avioneta, un pesquero y hasta un contrabandista de drogas de buen corazón, lo rescatara a uno. Lo importante es no ser pesimista, si me salvo he de vender el relato de mi odisea a una de esas revistas que tratan de levantarnos el ánimo y la confianza en este mundo. Tal vez Selecciones del Reader's Digest o Corazones Intrépidos, en todo caso me he salvado otra vez, tengo que reconocer que tengo suerte, aquella ola era tenebrosa ¿verdad que sí? y ahora viene esta otra, tan débil que parece una ola tuberculosa, una ola sin ganas y yo me siento más seguro en este instante y hasta sonrío pero luego y y y y. Y a unas millas de aquí hay sujetos felices que corren a jugar las olas y hasta se orinan en nuestro mar caribe paquete turístico todo incluido putas extra.

*

El país se iba cayendo a pedazos como los leprosos del padre Valencia hace siglo y medio. La solución patriótica —escuchaba Hernán en todas las peroratas oficiales— estaba en la mina del turismo. Era la misma cosa que, cuarenta años atrás, había afirmado el general Batista, aconsejado por los Meyer Lansky, los bambini de Manhattan y las más prestigiosas familias de la mafia. Era para llorar —pensaba Hernán.

El problema —reflexionaba mientras veía remozarse los hoteles del capitalismo— es que no se puede gozar de atracción turística —salvo para sádicos o inconscientes— en condiciones de desastre ciudadano. Era como si uno se acostara en una hamaca de henequén en la playa a disfrutar el sol caribeño frente a las azules olas, "es la brisa que viene del mar", ordenara un mojito de ron con yerbabuena, póngale mucho hielo por favor, y se lo trajera un camarero en una silla de ruedas.

Como era de esperar, Hernán tuvo ciertas dificultades con el administrador auxiliar y éste le informó que, al mes siguiente, lo trasladarían a trabajar al hotel Gran Kafka, que era donde,comúnmente apacentaban a los turistas de ofertas especiales.

Hernán hizo varias gestiones para impedirlo con amigos que ofrecieron arrobas de simpatía y miligramos de ayuda. Al fin,con cierta vergüenza, se decidió a llamar a Zoraida que estaba de moda en los mejores círculos. Esta le contestó, la voz apagada: — Ahora me es imposible escucharte. Estoy haciendo el odio con un viejo barrigón que huele a langosta.

Hernán recordó las inmortales palabras de Madame Stael: — ¡Revolución, Revolución, cuántas putas se tiran en tu nombre!

Emberrenchinado "con viejas cubanas razones", le dio vueltas compulsivas al hotel. Dos parejas de turistas pelirrojos, recién desembarcados de Columbia Británica, disfrutaban el arrullo de las palmas mientras escuchaban a un trío de **natives** —un guitarrista y dos bongoseros— que por medio dólar interpretaban con caribeño entusiasmo la popular melodía:

Vamo'a ver la ola marina
nadie sabe las vueltas que da
tengo un motor que camina palante
tengo un motor que camina patrás.

Fue finalmente la fiel Zoraida quien pudo evitar su traslado, gracias a la ayuda de un conocido millonario europeo —inversionista de Zoraida— que gozaba de grandes influencias en la sociedad sin clases.

Si bien agradecido a Zoraida ("no te preocupes chico a mí me lo resuelven todo mientras siga tan buena") en medio del apartheid turístico fue creciendo su necesidad por ver a la mujer que siempre recordaba. Cuanto más fraude y frivolidad lo rodeaban, mayor era su nostalgia de ella. Y Nadia se había marchado para Miami y era feliz con un marido imbécil, como ocurre a tantas mujeres que no lo son. Pensaba que se trataría quizá de una oscura compensación biológica. Es de suponer que si todos los imbéciles se casan con mujeres de igual coeficiente mental y emocional, la inocente prole que resulte estará, de nacimiento, condenada a la mediocridad más absoluta y tediosa. Pero en cambio si un cretino se las arregla para enganchar a una mujer de primera —y el mundo está lleno de estos ejemplos— la posibilidad de que la prole tenga una oportunidad brillante se ensancha en un cincuenta por ciento. Era como si Mamá Naturaleza no se atreviera a multiplicar la cosecha de cretinos después de cierto límite y en ello había que reconocer cierta justicia genética. En fin, dejándonos de especulaciones: he perdido a Nadia para siempre. Algo que demuestra que el verdadero imbécil lo he sido yo. Y que ni siquiera el introducir a alguna turista de revolucionario sexo en los anocheceres cálidos del Caribe, me permiten olvidar a Nadia por más de seis horas, para luego recordarla con más furia y empezar a perder la fe en los paquetes turísticos por mucho que el Partido y las organizaciones de masas esperen que el cubano cumpla con su deber de hospitalidad hacia las hembras heroicas que vienen a visitarnos en desafío a los portaaviones yanquis. Y es que la mujer que está para uno, está para uno. O mejor dicho, uno es el que está para esa mujer. Y aunque Nadia es de buen ver, lo cierto es que un productor de Hollywood o un animador de televisión, siempre escogería a Zoraida y a Vivian como de mayor calidad epitelial, lo que está a la vista masculina, pero es Nadia la que necesito porque es la que quiero sobre todas las mujeres, no importa el que no sea precisamente Miss Patria Socialista o Miss Travel Tropics. Sí, ya sabemos todos que es un misterio y así debe ser. También es un misterio que el hombre tenga necesidades espirituales cuando tiene tantas glándulas.

40

Esta carta que es tuya no habrás de verla nunca porque no la echaré al correo salvo que tu vida cambie y dejes de ser feliz con ese imbécil que tienes certificado como esposo. Y que, confieso, lo veo más imbécil de lo que es porque me muero de celos. Te dejé ir porque mi vida con la seguridad de volver a la cárcel era una cruz demasiado pesada para que la arrojara sobre tus hombros. Y esto aparte de que no tengo vocación para vivir de tu trabajo mientras perdía mi tiempo buscando un empleo que no me iban a dar. Y todo esto se juntó con la visión del preso que acaba de abandonar la cárcel para vivir en una cárcel más grande rodeada de agua por todas partes como el castillo de un señor feudal. Y así, sin quererlo de veras ninguno de los dos, nos separamos. Como se han separado miles en nuestro triste paraíso y se separarán más mientras no haya libertad de vivir la vida en que uno cree.

Un historiador diría que nos separó la tragedia de nuestra patria, esta Isla de alegría y corcho que se hunde. Y algún día volverá a flotar pero será demasiado tarde para nosotros, como lo fue para mi madre que murió estando yo en la cárcel y soñando con que algún día se iba a lograr la patria por la que asesinaron a mi padre y por la que tantos... me callo porque no podría seguir hoy.

Cuando estábamos separados, pero los dos en Cuba, sentía menos la pena de vivir sin ti. Tal vez porque inconscientemente pensaba que algún día las cosas mejoraran y pudiera llamarte a mi lado. Cuando te fuiste con ese sapo encantado, no pasaba noche, sobre todo la insidiosa, podrida madrugada, en que no te recordara con una angustia que me secaba toda el alma y sólo me dejaba en la conciencia una furia ciega. Y esto aún en la época en que dormí con una agradable y compasiva turista. Y esto te lo digo para no ocultarte nada, no para que tengas celos como los tengo yo de ese buen muchacho.

Pero tú eras feliz con él y además mi situación de gusano en mi patria sólo había cambiado superficialmente: estaba empleado para servir a turistas exclusivos con derechos exclusivos en una patria que era exclusivamente para el pueblo aunque éste estuviera exclusivamente excluido de todo. Y además le hicieran aplaudir todas las semanas para vivir como a los osos del titiritero soviético.

Y tú allá, en ese Norte revuelto y brutal, eras feliz como me decías en la carta que aún guardo. Eras tan feliz como uno de nosotros puede ser fuera de Cuba, es decir feliz mientras borremos la memoria. Y no era yo, historiador prohibido de escribir historias, y estimulado a escribir alabanzas al mejor sistema que han visto los tiempos presentes ni verán los venideros, el llamado a interferir con tu felicidad o con lo que fuera pero que tú creías felicidad, algo que en este valle de mierda no es poco. Creerse feliz es el ochenta por ciento de la felicidad y el resto lo paga uno como pueda.

No sé si esto te sirve de consuelo o de risa amarga, supongo que ahora ya no necesitas consuelo alguno: pero cada amanecer me acuerdo de ti y quiero abrazarte y sólo abrazo el aire.

La mayor parte de los hombres no saben lo que quieren y si algún día lo saben, suele ser tarde. Y además en nuestra patria no es sensato querer sin permiso. Amor.

41

Un día le llegó otra carta de Miami. Nadia informaba que a su marido le iba increíblemente bien. Habían pasado sus dificultades iniciales y a ella no le habían querido admitir el título, pero el trabajo y la perseverancia de Hermelindo había encontrado al fin su recompensa. Se acababan de comprar una casa en Key Biscayne —antiguo paraíso del presidente Nixon— con piscina y embarcadero para yate. Nadia había abandonado el tedioso proceso de certificarse como enfermera.

Hernán contestó felicitándola. Se fue a la playa y estuvo nadando hora y media. Regresó exhausto y se acostó a dormir. A las tres horas se despertó y estuvo caminando hasta el amanecer por la playa. Lo detuvieron. No, no era turista, trabajaba para los turistas, era un combatiente en la trinchera de las divisas. Se identificó. Lo dejaron ir. Siguió caminando por la arena y mojándose los pies con la marea, soplaba un fuerte viento. Regresó al hotel, tomó café del reservado para turistas (caracolillo Sierra Maestra) y entró a trabajar en el primer turno. Tienes mala cara, Hernán. La única que tengo. Mejora tus modales que trabajas en un hotel de cinco estrellas, la Revolución exige que seamos urbanos.

A la mierda. Las mujeres —como las medicinas— siempre producen efectos secundarios.

*

Pasaron muchos meses. Nadia escribió que no le gustaban los asociados de su marido. Hermelindo se negaba a dar explicaciones. Los negocios son los negocios. Y Estados Unidos es la tierra de la oportunidad, the american dream.

Una tarde cuando acababa de despachar a una pareja de turistas de Saskatoon, llamaron a Hernán al teléfono. Era Dámaso. Le dijo que Nadia había estado tratando de comunicarse con él desde Miami. No quiso dejar su número. Dámaso sólo pudo añadir que parecía muy nerviosa.

Hernán hizo llamadas a varios amigos. Infructuosas: no había quien supiera el teléfono de Nadia.

Se fue al bar y pidió un daiquirí.

— Sólo puedo servirte un patriaomuerte (daiquirí con zumo fresco, hielo frappé y una rajita de limón pero sin ron). Son órdenes del administrador: el ron es sólo para los extranjeros. Es una escasez temporal —añadió León, el cantinero.

— Coño.

Fue al cuarto de gimnasia y golpeó el punching-bag hasta que le dolieron los hombros.

Lo fueron a buscar al gimnasio. Acababa de llegar una excursión de Dinamarca. En los jardines del hotel —palmeras, flamboyanes, y bouganvilias— se agolpaban ansiosos morenos.

*

Todo andaba mal y sin embargo las cosas eran dignas de alabanza si se comparaban con las que se anunciaban para el mes siguiente. Muchos se acostumbraban a la falta de libertad al igual que el buey al yugo amable del amo, pero cuando faltaba pasto hasta el buey se tornaba inquieto. Otros se hacían a las colas infinitas para no conseguir al final del día un plátano, pero al menos compartir la queja nuestra de cada día. Otros se iban habituando al apartheid en la esperanza hispánica de lograr un entendimiento de masas con alguna turista de economía burguesa.Otros consumían, por falta de otra cosa, la mentira en adobo que hacía las veces de verdad sacramental y para la que no existía libreta de racionamiento. Lo más difícil de todo era no pensar pero algunos tenían esta virtud de nacimiento.

Harto. Hernán consideraba todo esto y mil cosas más que solamente tenían sentido para el siboney escabechado en dictadura por mas de un tercio de siglo. Como otras veces, pensaba que su obligación era rebelarse. Pero hoy hacían falta Migs, tanques Skoda y misiles. Las cargas al machete habían sido enterradas. Y no se podía reunir media docena de personas sin ser chivateado a Seguridad del Estado, la única dependencia que trabajaba eficientemente en el país, producto de la ayuda generosa y técnica de los hermanos soviéticos y checos. Y estaba harto de estar harto.

En este estado de sol oscuro del trópico, llegó carta de Nadia. "Ahora sé que fui una estúpida en casarme con él y tú un cretino en dejarme marchar. Si las cosas se hicieran dos veces, todos seríamos sabios, pero en la vida, al revés de las elecciones, no hay segunda vuelta".

Los hombres —reflexionó Nadia luego de echar la carta— han sido creados para atormentar a las mujeres.

*

Caminaba por una playa larga y desierta donde el mar gris se juntaba a la montaña pelada. La marea subía, helaba sus pies y dejaba charcos en la arena negra. Era temprano, hacía frío, el sol asomaba pálido, rojizo y no alumbraba. Caminaba sin rumbo pero sabía que buscaba algo sin saber qué era. Junto a una roca cubierta de algas encontró una concha y la recogió, era de un nácar extraño con reflejos rosados y azules según se mirara, nunca había visto otra igual y decidió guardarla, no tenía bolsillo y le molestaba llevar una mano ocupada pero el nácar era demasiado hermoso para dejarlo abandonado. Y la marea subía con rapidez inusitada y llegó a un rincón donde el mar había alcanzado a la roca alta y sólo quedaba nadar o escalar, la elevación era abrupta pero no parecía muy alta y decidió seguir adelante, escalarla aunque tenía una mano ocupada. Y puso los pies en una hendidura cubierta de algas verdes y luego en otra y subía con paso firme aunque las rocas eran resbalosas. Olía a piña madura a pesar del mar y a jazmín y a cedro, el cedro le recordó las cajas de tabacos de Vuelta Abajo que fumaba su abuelo y gritó llamando a su abuelo y luego llamó al perro que le había regalado éste de niño y que murió atropellado por un camión una tarde de verano. Y fue entonces cuando la divisó a ella que desde lo alto trataba de alcanzarle una soga y vio como ella ataba la jarcia al promontorio de una roca y le lanzaba a él el otro extremo pero éste quedaba demasiado lejos y resbaló en el esfuerzo y se hizo sangre en la rodilla. Recobró el balance y al fin pudo agarrar la soga, exhaló un suspiro de alivio. Y sus manos comenzaron a despellejarse y arder y no podía soltarla ni podía avanzar y ella gritaba, las manos en las mejillas, y el nácar cayó y se rompió y el sol se puso de color morado y negro y luego se hizo color rojo llama y un rayo incendió el árbol verde, frondoso,junto a ella, que se erguía solitario en la roca, y se hizo una cruz de fuego a la que el cuerpo desnudo de ella estaba atado rodeada de reflejos rojos y llamas azules y de piedras de colores cambiantes y él trató de alcanzarla y se rompieron sus brazos y trató de llamarla y su voz murió.

Se despertó bañado en sudor frío, viscoso. Le dolía todo el cuerpo y sobre todo los brazos. La imagen de ella persistía, más que memoria era visión. Nadia era más real que todo lo que le rodeaba.

*

Recibió a la semana otra carta: Ha ocurrido algo horrible.No puedo decírtelo por escrito pero es lo más horrible. No me atrevo a llamar por teléfono, la policía lo graba todo, aquí y allá. Estoy desesperada y no sé que voy a hacer. Si alguna vez me has querido, ven.

A los tres días llegó otra con estas líneas solamente: Si no vienes iré yo para Cuba aunque me pongan presa.

*

La carta de Nadia fue el catalítico de las frustraciones acumuladas por años.

Ella estaba en peligro, el marido debía haberse metido en una de esas operaciones que garantizan la fortuna en Miami en tiempo record. No son muchas pero son. ¿Cuál? Vaya uno a saber: blanqueo de dinero, juego ilícito, pirámides financieras, trata de rubias. Inversiones de políticos rateros del "continente que cree en Jesucristo y aún habla en español", empresas de compraventa de influencias, contrabando de armas, el timo del inversionista extranjero. Tráfico con Juan Valdés.

Me lanzo al mar y lo que sea. Tampoco puedo aguantar más esta dictadura de micrófono y chicharrones de viento.

Con dólares húmedos de la picaresca turística compró el bote a un responsable revolucionario del Instituto de la Pesca que lo dio de baja en el patrimonio del Estado. Dámaso, cansado de vivir en la cultura del apocalipsis, estaba decidido a acompañarlo y con su habilidad quieta construyó un mástil y arregló dos de los remos y reemplazó las tablas podridas. Cuando contemplaba el bote, al abrigo de las miradas protectoras del comité de defensa en el taller de Dámaso, pensaba en que le quedaba un día menos para abrazar a Nadia y había sido culpa de él que Nadia se hubiera ido. Otras veces pensaba en que le quedaba un día menos en Cuba y entonces se le anticipaba la nostalgia de su Isla de Corcho.

Y algo que era él más que él mismo tendría que morir el día en que dejara a tío Gonzalo y a su prima Lourdes, y a las palmas reales y a las playas y a los compañeros y a la brisa del Malecón las noches de verano y al mar transparente y a la arena de talco y a las flores y a los mangos y a sus sueños y a los millones que sufren en silencio y a los que hablan solos en la cárcel y discuten con la pared negra y a los que entraron en el laberinto cuando era amanecer y no saben cómo salir y se pudren por dentro sonriendo.

Y se acercaba el momento que ansiaban y temían ambos y Dámaso abrazaba a su hija con más fuerza que antes. Y ahora era Hernán quien abrazaba a Mónica, la hijita de Dámaso, de cuatro años y medio, y le acariciaba los rizos negros, y se preguntaba: ¿Podremos de verdad, algún día hacer a los niños felices?

42

No me voy —le dijo Dámaso—. Te comprendo: tu mujer y tu hija. Negó con la cabeza: —Ellas saben que desde allá las mandaría a buscar por España. España es la única esperanza que nos queda a los negros en Cuba. ¿No te parece irónico? ¿qué diría Maceo?

—¿Por qué no te vas conmigo, Dámaso?

—Que me fusilen como a mi padre pero no me quiero ir de aquí. Sin Cuba yo no soy yo. Ni tú tampoco Hernán. Fuera de Cuba vivirás pero respirando a medias.

Era lo mismo que él se había dicho muchas veces. Cuba era una condición de la sangre, de los sentimientos, de los recuerdos. Y allá sería otro, alguien cargado de nostalgias, amigos perdidos, amigos asesinados. Pero él se iría. Se acercó a Dámaso y le dio un largo abrazo y los abrazó a todos once millones. Si este Gobierno entendiera de veras lo que era la patria no sembraría tanto la muerte.

— Esta noche, de madrugada.

— Estaré en la playa para ayudarte con el bote.

43

Por un amigo se enteró, pocos días antes de salir, de que el esposo de Nadia había sido detenido por un patrullero U.S.mientras trasbordaba a su yate media tonelada de cocaína a treinta millas de Isla Morada.

A la deriva en la esperanza de que alguien lo aviste a uno. Dicen que hay algunos exilados que en avionetas recorren el Estrecho esperando avistar a alguno de nosotros; también está el Servicio de Guardacostas y los petroleros que vienen de México y de Tejas y de Louisiana y los cargueros y los camaroneros, sí parece que hay muchos, pero el mar es mucho también y la cuestión es coincidir, algo así como lo que pasa con la ruleta. Y ésta no es ruleta rusa es ruleta caribe. La que sueña con el mar que acaricia nuestra Isla y la que muere en ese mismo mar. Y esta ruleta salvó a Colón cuando sus marineros estaban considerando el arrojarlo por la borda. Pero el Almirante de Castilla estaba dispuesto a morir por su ideal, la única forma de descubrir.

Y el sol, el sol que ilumina el escudo patrio y que los indios adoraban y cuya luminosidad sorprendió al Almirante, el sol responsable de que nuestra caña sea tan dulce y de que la piel me arda y de que esté cubierto de ampollas y de que los balseros sufran delirios y de que los turistas, hijos de la Gran Nieve, paguen hotel para gozarlo y de que se hagan filmes en colores para captar la belleza de nuestras playas y de que el atardecer sea tan hermoso cuando el sol enrojece sobre las aguas azules y alguien dijo que basta un sol sin nubes para ser feliz, un verdadero imbécil.

El mar es un desierto de odio. Hasta las toninas, delfines,han dejado de saltar sobre las olas. Y ni siquiera se divisan aletas de tiburón. Y el miedo se convierte en rabia, ese elemento indispensable de la supervivencia humana en el medio hostil.
No ha llovido. Ni lloverá hoy maldito sol sin nubes. Quizá mañana, espero que mañana, tiene que ser mañana. La sed. Solamente la sed. Nada más que la sed.

Seré feliz el día que tenga agua.
Con agua sólo, seré feliz.

44

El mar, la playa, tú. Nada que sentir sino tú. Y yo me acerco deseosotemeroso de descubrirte.

En Santa María del Mar, ese Varadero de segunda a una distancia de primera, el ahorro de gasolina nos hace sentirnos mejor; si el mar no tiene la policromía de la Playa Azul es por igual acariciante, y la arena, si no de talco, es suave, excelente para hacer castillos a la orilla del mar Caribe, Nadia. Y tú y yo creemos que el mar se ha hecho para nosotros y aunque sea mentira disfrutamos jugando a correr las olas. Que no amenazan sino en juego de maravillas, y una ola enorme nos sumerge como para castigarnos de nuestra pretensión y tragamos agua y reímos y te abrazo porque tú pretendes sentir miedo para que yo no te suelte nunca. Y abrazados resistimos otra ola y otra y un mundo de olas que vendrá.

Y ahora regresamos tú y yo a la poceta de roca que está aislada frente al mar y que es la única roca en esta parte de la playa y donde se refugia, caliente, el agua de la marea y jugamos como dos niños en una bañera. Es temprano y no hay nadie en la playa y el sol suave acaba de aparecer y las palmeras agitan sus penachos a la brisa con la música que tú y yo conocemos, es la marcha nupcial que quiere regalarnos la Madre Naturaleza del Caribe que en los días fastos es más madre que otras. Las olas en retirada nos bañan los pies con la espuma, la última ola ha enfriado la bañera, pretendes, y pegas tu cuerpo al mío y yo te estrecho fuerte hasta imprimir mi cuerpo en el tuyo que se estremece. Y el cielo benigno no amenaza a los amantes que ya Colón intuyó que en el Caribe y no en el Eufrates había estado el paraíso, y que aún está pese a la hoguera de pecados que trajeron los conquistadores de Castilla, alucinados. Que el indio Hatuey nos valga a todos. Y como en el Caribe no crecía la manzana, Eva ofreció, con gracia la papaya.

Y no puedo creer que tú seas verdad porque desde niño he conocido más infierno que paraíso y si de algo estoy convencido es de que el infierno existe. El paraíso eterno está por veremos. Pero si hay un paraíso aunque no sea eterno ése eres tú.

Y me salpicas con el agua de la poceta en la cara y yo te agarro por la cabellera, déjame que me lastimas, ahora verás, suéltame, no me da la gana, seré buena lo prometo, es que no quiero que seas buena como te aconseja tu madre. Suéltame y te prometo que seré mala. Te suelto y nos besamos. Y descubro entre protestas, la mitad superior de tu bikini, eres la tierra más fermosa que mis ojos humanos han visto. Y juego con tus hombros desnudos y voy recorriendo las colinas y luego, mucho más luego, me refugio en la cálida y húmeda bahía donde Mabuya, el huracán del mal no puede penetrar, yo sí.

Y las memorias no se pierden: eso es verdad. Se sumergen como las olas y reaparecen para que disfrutemos de ellas o para que nos hundan. Y hay que aprender a correr las memorias como se corren las olas del juego. Y tú corres a mi lado aunque yo no lo sienta.

Y te vas hacia las olas y desde el mar me haces adiós con la mano y ríes y yo me lanzo al mar a perseguirte porque eres mi talismán contra el tedio y no te dejaré alejarte de mí y si te dejo mi piel se secará al sol caribe y se convertirá en momia india y nado para alcanzarte. Juguemos a las sirenas, que estamos en el mismo sitio donde las vio Colón y tú estás en el mismo mar donde la sirena convenció al Almirante de Castilla de que estaba en el buen camino y yo te contemplo con el deseo. Mi sentir es más fuerte que el del Almirante porque sé que la sirena eres tú que me haces señas para que te acaricie en el mar y yo quiero prolongar el instante para hacer mayor el sentir y el placer cuando enlace tu cuerpo con el mío.

El Almirante vio la sirena entre las olas después de haber contemplado indias de formas generosas, desnudas —escribió— como su madre las parió, y así estás tú y eres sirena de carne y hueso, sin nada de pescado, mientras que el pobre Almirante de la Mar Océana tuvo que imaginarse la suya. No es que le costara mucho trabajo, después de dos meses en el mar un manatí con tetas es mujer y sirena.

Juguemos tú y yo a las sirenas. Ven ahora a mí que este instante no vuelve más y quiero tenerte a mi lado mientras tenga piel y sentimientos y vida: Ven, ahora.

El agua está fría y el frío trae la realidad y la realidad aleja para siempre a Nadia y él está braceando en el mar alejándose del bote, traga agua en el intento de retornar a la embarcación que se aleja con la Corriente que va a morir a Europa. E invoca alternativamente a Nadia y a la Virgen de la Caridad que salvó a los naúfragos de la bahía de Nipe. Reúne todas las fuerzas y no bastan las fuerzas. El bote ha dejado de alejarse, así parece pero tampoco se acerca y las olas son de las que odian no de las que juegan, y es tan fácil terminar con todo y se llena de rabia y nada hacia ese bote que puede ser otro delirio y avanza y retrocede con el oleaje sin que cuente ya la distancia porque no importa, sólo que luchará hasta que tenga conciencia y luego ya no importa y tampoco importa ya que llegue o no, sino que combata a la fuerza bruta y sin saber cómo se encuentra sujetando la borda pero sin aliento para encaramarse. Las olas lo golpean pero no suelta la borda, recuerda al macao que cuando muerde no suelta si no lo matan y alguna vez ha matado, de niño, algún macao pero no lo hará más, sabe ahora que el macao es el animal más cercano al hombre macho. Se abraza a la borda y trata de entrar en la barca pero ni el oleaje ni la exhaustación ni la falta de fe en las sirenas lo ayudan, pero no soltará la borda y seguirá así hasta que el oleaje le permita entrar en la barca, sangre, se ha lastimado con la madera, sangre que en aguas del Caribe quiere decir tiburón, los tiburones huelen la sangre a increíbles distancias, si ataca la médula la agonía dura poco. El miedo a que acudieran los tiburones le dio las fuerzas que no tenía hace cinco minutos y no sabe cómo pero se vio cayendo de bruces en el interior de la barca y allí estuvo mientras el sol le dejaba secar la sal en la espalda que arde. Agarró la soga de henequén, que Dámaso había robado del consolidado de jarcias y la ató a su pierna izquierda y al banco del bote. Y ahora que vengan todas las alucinaciones que provoca la sed. Hizo un nudo bien difícil de los que de niño le había enseñado a hacer el tío Gonzalo, orgullo de la Marina Mercante, y aunque volviera a delirar sería imposible que bajo el delirio tuviera la capacidad de desatarlo. Y ahora está uno seguro por un rato más. Es muy importante vivir atado a la realidad —dicen.

45

Con unos dólares que le regaló un turista austriaco, Hernán compró cinco cristales y un poco de masilla y se lo llevó todo a tío Gonzalo.

— Sobra un cristal —dijo éste— solamente me rompieron cuatro ventanas. Tuve suerte.

— Quédate con él por si vuelven uno de estos días.

Guardaron silencio por largo rato. Cada uno sufría la tensión del otro y no sabía cómo aliviarla. Con la tensión propia uno siempre se las arregla.

Había pasado un buen cuarto de hora, cuando Gonzalo, sin mirar a Hernán, dijo: — ¿Es que te vas por fin? ¿Es por Nadia, verdad?

— Es Nadia y es todo. Estoy harto del capitalismo de playa y el marxismo de vudú. Roban al cubano lo mejor de sus energías —dijo Hernán, entre triste y amargado. — Si no se rectifica, y de ello no hay intención ahora, van a lograr lo inaudito: que hasta el toque de bongó suene a toque de difuntos.

— ¿Por qué no te quedas y luchas? —le había insistido tío Gonzalo.

— Sabes bien que no se puede luchar sin armas. Tú y mi padre cuando luchaban contra la vieja, podrida dictadura, tenían un par de órganos de prensa que defendían la libertad y decían lo que estaba ocurriendo de mil ingeniosas maneras. Y el General Batista tenía cierto respeto supersticioso por la prensa: su defensa era comprar periodistas, no matarlos. Y tú y mi padre tenían a las organizaciones profesionales que los defendían y algún que otro cura con cojones como el Padre Boza. Ahora no hay organizaciones independientes del Estado, la sociedad civil está infiltrada por la sociedad chivata que es una conquista de la Revolución, según dicen ahora. Hay que tener gandinga, compañeros... el buen cubano es el buen chivato.

— Se puede luchar con fe y coraje.

— Y aguantar todas las patadas que te den en el culo. Como a ti, tío, el mes pasado. Y que los ambiciosos, a ambos lados del Estrecho de la Florida, te denuncien por capitalista o comunista, según el color que estos camaleones del trópico elijan para ellos. Mira tío, ya no hay cirineos, todos huimos de la cruz que es demasiado para el hombre. Escápate conmigo. Y si no hay suerte moriremos en el mar y al menos terminará para nosotros la mentira, basta ya, basta. Es inútil quedarse aquí, la conciencia se nos va pudriendo a todos.

— No es inútil. Sólo es difícil, y en algunos momentos parece imposible. Pero hay que soportar lo que venga. Si a mí me llaman traidor en dos idiomas, inglés y español —y hasta hace poco en ruso— a Cristo lo llamaron blasfemo en arameo y en latín.

— Tío Gonzalo, ven conmigo. Esto es un laberinto de sangre rodeado de discursos de mierda por todas partes.

— Es mi tierra y no hay otra. Yo ya estoy cumplido; me quedo por Pedrito, Lourdes y Lucía y por nuestra Isla de Corcho que merece mejor destino. Alguien tendrá que luchar aquí si no la vamos a hundir en el mar.

— Me voy, pero vuelvo —dijo Hernán— no hay cubano que de veras se vaya.

Hernán se quedó pensativo y luego añadió:

— Y tú, Gonzalo, vivirás solo y golpeado. Como mártir en un mundo ajeno.

— Queda Dios.

Hernán se alzó de hombros y abrió las manos.

Respondió Gonzalo: — No es que Dios haya muerto, es que no nos parece económico ponerle atención.

46

La ola negra alzó el bote hasta lo alto de la cresta y lo dejó caer como una piedra arrojada al fondo del océano, por un segundo supo que iba a hundirse. El bote se inclinó, tomó agua, y restableció el equilibrio; achicó desesperado, el agua fría, luchando contra toda probabilidad, y por varios minutos no entró ninguna otra ola, y se había salvado una vez más porque en este mundo hasta la muerte engaña y había que esperar por la siguiente y mientras tanto seguimos arreando no porque tengamos ganas sino porque tenemos rabia y queremos demostrar que somos hombres machos cuanto más olas, más machos. Salvado este segundo, quedan otros y otros, el mar sigue ahí.

Y si no llegaba pronto a la costa, se deshidrataría porque había perdido el agua y no llovía y cada año morían cientos de balseros que algún día habían tenido las mismas esperanzas que él y algunas más. Y tocó la soga que lo amarraba a la embarcación para defenderse de instantes alucinados y vio que era firme y que en este sentido no había que temer, un sólido nudo lo protegía y las olas se habían venido calmando en su capricho y al menos era casi seguro que esta próxima hora no moriría; hay que vencer a la fuerza bruta de la naturaleza, la misma que asesina niños en Somalia y en Sudán y también en las calles de New York o de Calcuta si no tienen qué comer. Tengo voluntad de salvarme por encima de todas las cosas, sí, he dicho que Venceremos, esta vez sí.

Venceré contigo, amor.

*

Y Cuba se perdía para siempre en la distancia. Y sin poder hablarle a su tierra pero oyéndola llorar. Y era negro el cielo azul, con nubes de humo y de sangre. Y el ruido no dejaba hablar al amor y el humo no dejaba ver. Y a cada golpe de machete crecía una hierba mala. Y las palmas reales se hacían aromas de espinos. Delirio, dicen que la sed febril da delirio, la sed y el sol, pero ¿cómo sabemos de verdad que es delirio? el delirante no puede pensar que es delirio porque si lo pensara no lo sería y el que no está en la situación del supuesto delirante no sabe de lo que habla porque cómo puede determinar si lo que para él parece delirio no es sino la respuesta normal a una situación insólita que el hombre sin delirio ni conoce ni sabría como reaccionar a ella; a ver: que los no delirantes sean hijos de la Isla de Corcho y la vean regida por la comparsa del disparate con micrófono en la subcultura del café sin leche y los chicharrones de viento. Y nada más delirante y al mismo tiempo, efectivo (cómete el hígado, Goebbels), que la forma en que hemos engañado al mundo haciéndole creer que el gobierno absolutista cuando se disfraza de circo es revolución de libertad y esperanza. Y el delirio del historiador es creer en la historia sin dejar sitio a las sorpresas, el big bang en cada uno, desgraciado el que no reconoce su big bang cuando le pasa por el lado, y después de todo, los países de la Otan debían bendecir a la Isla de Corcho porque hemos contribuido más que ningún otro país hermano a la bancarrota de la Unión Soviética, les hemos costado a los hijos de Lenin sesenta y cinco mil millones de dólares, o algo más si contamos la aventura de los misiles —aunque ésta fue por cuenta de ellos y no deben cargárnosla en nuevos simposios de historia maquillada para tranquilidad de capitalistas— pues sesenta y cinco mil millones de dólares les hemos succionado en treinta años de mamar la ubre marxista-leninista de liberación, y dan ganas de reír hasta morirse de risa que siempre es mejor que morir de tristeza que es la alternativa seria del cubano, pero hemos de reír todos, incluyendo al difunto Nikita, al pensar que todo lo que se está discutiendo, según dijo la radio, a fin de ayudar a los rusos, son veintiocho mil millones de dólares a aportar por las siete naciones ricas del mundo y los siete pecados capitales del capitalismo, y si los pobres rusos pudieran recuperar el apoyo económico que nos dieron, tendrían más del doble de esa cantidad prometida que no acaba, hasta el momento, de venir, hermanos proletarios, no tenéis nada que perder salvo las mentiras y el cubano se ha venido defendiendo de ellas con el viejo refrán de antillana sabiduría: "a mi me matan pero yo gozo", pero ahora nos están quitando el gozo para vendérselo en paquete turístico a las auras que acuden al sol del país moribundo a comer lo que quede porque algo siempre queda lo que ya no es nuestro.

Y me parece que enloquezco cuando pienso en los de mi Isla, en mi prima Lourdes, tan sacrificada por algo que ya no existe, terminarán por hacerle la vida imposible y por etiquetarla como gusana contra su voluntad no importa cuán leal a la impostura sea porque la impostura tiene su propia naturaleza de engañar a sus creyentes, y Dámaso sobrevivirá si lo dejan tranquilo pero allá no hay garantía de que dejen tranquila ni a la Virgen de las Mercedes, y tío Gonzalo recibirá un día la última pedrada en la sien y Pedrito lo llorará como yo pasé años llorando a mi padre y algún día Pedrito entenderá mejor aún de lo que yo entiendo y comprenderá que el infierno existe aquí y ahora, sólo que el Micrófono de Gobierno lo anuncia como paraíso para mayor coña existencial, y Zoraida continuará vendiendo superficie útil mientras la tenga sobable y marketable en la economía de mercado, y el capitalismo burgués se reirá de nosotros tanto o más que el marxismoleninismo, que entre nosotros es más bien camoleninismo porque el burro siempre estuvo lleno de mataduras ocultas pero supimos manejar la propaganda mejor que nadie desde los tiempos de Goebbels y su jefe, y es que Nuestro Gobierno tocaba rumberamente las maracas en el gran teatro del mundo mientras arruinaba al pueblo más desarrollado y más alegre de las Antillas. Y así fue como La **engañadora**, arrollando por las calles de Prado y Neptuno, se convirtió en el nuevo himno nacional. ¿Me dijiste?

No, si estoy de acuerdo en que la desesperación no conduce a nada, pero ¿quién dice que tiene que conducir a algo? si condujera a algo no habría desesperación. Y la facultad de consolarse es la primera virtud del naúfrago —recuerden a Robinson Crusoe— y el hombre que no se consuela muere más pronto, lo aseguran todas las estadísticas y los libros de perfeccionamiento de la personalidad y los líderes que pasan revista a sus logros. El consuelo es un incentivo infalible para que la vida nos siga tomando el pelo a plazos.

Pero si ahora se hundiera este bote y nadie supiera de él como ha pasado a tantos centenares, no dejaría de ser verdad que un día tú y yo nos amamos y nada podrá quitar tus labios de mi memoria mientras tenga memoria, ni la sal ni el sol ni la piel que arde ni la sed que enloquece ni la muerte que nos destruye pero que es más pequeña que el hombre aunque sea más fuerte, y dejaré de sentir todo...

Oh, Dios, sálvalos, a los once millones, no creo mucho en Ti pero cuando mi Isla de Corcho se hunde ¿a quién voy a acudir?

47

Cada uno de los que escapa por mar piensa que él será del afortunado treinta por ciento —la lotería estadística— que vencerá al mar y a las lanchas patrulleras de misiles soviéticos y a los guardafronteras del mar que velan día y noche porque no se vayan cubanos, y al sol del Caribe y a los tiburones y al hambre y a la sed y al delirio y al capricho de la Corriente y al desaliento y a las trombas de agua y a las perturbaciones del Caribe que de improviso se hacen tormentas y al ya no me importa nada. Cuando decimos "no me importa nada" es porque hay algo que nos importa mucho.

He cabeceado una o dos horas o tal vez cinco o seis. Despierto. Me duelen los ojos, la frente, las sienes, la sangre golpea, aprieto la vena con un dedo y siento el latido en toda la cara.

Junto a la proa, sobre la madera mojada, noto a un pájaro muerto. Es tan pequeño y frágil que me maravilla se haya aventurado tan lejos de la costa; por aquí sólo había visto rabihorcados, enormes en blanco y negro con sus alas desplegadas; este pequeño no pertenece aquí. ¿Por qué voló tan lejos?

Es de color marrón —algunas plumas tirando a rojizo cobre— y blanco; el pico negro brillante y unas patitas tan delgadas que dan lástima.

Dicen que los pájaros vuelan distancias más fuertes que ellos, sólo por dos razones: necesidad de comida o esperanza de amor.

Lo tomo en las manos con cuidado, casi con reverencia, como si aún pudiera lastimarle las alas, no pesa apenas, hace unas horas compartió ese misterio de la vida contigo y conmigo y ya no es. Hubiera querido, no sé por qué, salvarlo conmigo y soltarlo en tierra en un jardín de orquídeas y magnolias y palmeras lleno de pájaros como él. Lo sepulto en una ola gris.

*

El mar era hermoso, inmenso. Y enemigo
Un enemigo más fuerte que todos los hombres del mundo pero no más fuerte que todos los sueños del hombre. Y miles de hombres y heroicas mujeres y niños se lanzaban al mar, en embarcaciones inverosímiles, soñando conque el coraje vencería a la fuerza. La misma oscura esperanza que hizo al ser humano, desde el fondo de la caverna de los tiempos, levantarse en dos patas.
Y algunas veces bastaba el coraje. Y vencíamos.
Y otras veces, unos segundos de espuma sobre el mar. Y el olvido.

48

No sé si eres así, amor, pero así es como te sueño: Así es como me das fuerzas para luchar en el mar, así es como espero y el esperar por ti me permite resistirlo todo. Y sé que voy a salir de este mar y llegar a la tierra donde me estés esperando. Tal vez seas tú la única patria que me queda, mi amor.

En cualquier parte en que estuvieras parecías estar allí desde siempre y ser tú la que dabas vida al lugar y la sonrisa de tus ojos lo hacía a uno sentirse vivo en un mundo en que toda alegría parecía posible en ese instante. Y me sentía existir porque podía acariciarte.

Eras mimosa cuando en verdad eras tú quien mimaba sin que uno fuera consciente de otra cosa que de tu simpatía. Por eso es que eras muchísimo más que bonita. El mundo aparecía lleno de ti. Y mientras te miraba, todo era bueno.

Cuando caminabas lo hacías con la gracia de una venadita, sin esfuerzo, parecías flotar y llevarnos a los demás tras de ti. Y cuando reías, tu risa saltaba en mi alma y la iluminaba para que si la vida no era mejor, lo pareciera. Tu sombra era la palma real.

Y si no eres así —tal vez ni tú ni nadie puede ser así— pero qué cerca estás de serlo. Y así vives en mí y este sol que quema y este mar que mata no han podido borrarte. Y pronto el sueño de verte será verdad. Y el mar no podrá contra nosotros.

Y si así te recuerdo, así eres para mí. Tú.

*

Cuando abrió los ojos, allí estaba, a su alcance, la esperanza. Volvió a cerrarlos porque su experiencia le había hecho creer que, en la mayoría de los casos, la esperanza suele ser una mujer bella en postizos. Y volvió a abrirlos porque la esperanza es más persistente que una puta con hambre. Sí, no se equivocaba, era un barco. Un barco de verdad y no otra alucinación provocada por la sed. Gritó, saltó, agitó los brazos. No, no me ven, pero me verán. Vienen hacia aquí, estoy salvado. Hasta la mierda: sol que quema las espaldas, sed que seca la garganta, brazos cansados, ojos que arden de sal, mar que amenazas cada media hora, tabla de bote que ya no puedes con tu alma, tiburón famélico que exploras la mesa de comer a ver si está ya puesta. No hay barco que por bien no venga, lo dice el refrán castellano, la sabiduría de un pueblo acumulada en palabras de un milenio; es un viejo barco de carga, mendigo de fletes en los siete mares, para mí ocho, que el Caribe es más importante que los otros siete reunidos, esos barcos que debían estar jubilados pero que no tienen retiro sino muerte violenta que los espera en el fondo de algún mar algún día entre algunos peces que desovarán en ellos, esos barcos que rinden a sus dueños los últimos pesos y a sus tripulantes los últimos miserables centavos, carguero rule the waves, no te cambiaría por el yate Britannia. El mar aprieta pero no ahoga.

Ató la deshilachada camisa a otro pedazo de soga y la volteó en el aire como un lazo de vida y esperanza, gracias Rubén. O mejor como la farola de la alegría en la comparsa del Carnaval de La Habana, Ahé, ahé, ahé. Sí, de niño se volvía loco por los carnavales, un pueblo jodido todo el año vivía una semana de felicidad; el dolor, el racionamiento, el trabajo desigual y la escasez de todo lo que sirviera, quedaban sepultados por las carrozas y las caderas de las rumberas.

Momias de este barco lento, miren a la farola, camisa farola es lo mejor que puedo bailar al viento, miren y salven. — ¡Eh, del barco! Gritó en inglés para que lo entendieran: ship, ship, Help, Help, I am here.

El barco se acercaba con su paso de anciano sin retiro que acaba de levantarse de aquel banco sin sol, distinguía ya sobre la cubierta lo que parecía ser un hombre. No, son dos hombres. La farola dio las siete vueltas de la suerte, identificadas con las siete potencias africanas, encabezadas por Changó y Yemayá, deidades del Carnaval, Changó insaciable jinete de las caderas rumberas. Help, help. Lento, lento, el barco prosigue acercándose. No hay todavía señales de que hayan advertido mi presencia. Si no me ven... ¿serán capaces de chocar con el bote? Help, help, imbéciles.

Casi imperceptiblemente, el barco cambia de rumbo, quiere decir que lo han visto y oído y evitan la colisión, el carguero no pasará por ojo al bote, estoy salvado. Y pronto izarán un bote y lo arrojarán cuidadosamente a las ondas con dos tripulantes y el bote que tendrá motor fuera de borda llegará enseguida a mi bote ataúd y me recogerán y olvidaré para siempre la soledad del mar ya falta poco para volver a ser humano entre los humanos. Y la ley sagrada del mar es salvar al náufrago, desde la época de los griegos, y hasta los nazis salvaron algún náufrago, un marino siempre salva a otro, hoy por ti y mañana... demoran en lanzar el bote, se están colocando en una posición más conveniente, el mar está algo picado y el bote de rescate de barco tan viejo no debe ser de la mejor calidad y en el mar también se dan marineros muy cómodos vísteme despacio que el mar está de prisa.

Ve al barco acercándose más a él, y las caras de los marineros medio se adivinan, tres están ahora asomados a la cubierta, grita más y grita y mueve la farola de la camisa y ya sabe que no lo van a recoger. I don't want to get involved —habrá dicho el capitán— y siempre hay razones para no involved y el tiempo es oro y nadie le dijo a este estúpido que se tirara al mar sin motor con lo violenta que es la Corriente del Golfo y además por aquí andan las avionetas de los exilados buscando compatriotas a punto de ahogarse y seguro que lo recogerán y si fuéramos a demorarnos siempre, dejaríamos de ser competitivos y y y.

Y en el infierno siempre hay barcos que se acercan a uno y luego se retiran como mujer amorosa que se despide con una sonrisa antes de que podamos acariciarla y

Alguien ha lanzado un paquete al mar, bastante cerca, tal vez comida y un barril de agua y un botiquín de primeros auxilios y quizá un par de remos aunque son inútiles ahora y confía en que hay alguna posibilidad de alcanzar el paquete y la Corriente lo aleja y distingue o se imagina que uno de los marineros tiene la cara llena de vergüenza pero no es bastante y hace un esfuerzo por recoger todas sus energías en un esfuerzo supremo y respira hondo y profundo como aconseja el yoga y el zen japonés y los padres del desierto y grita con toda la fuerza de sus pulmones oxigenados por la brisa del Caribe:

— ¡Cabrones!

49

Cualquier cosa o Muerte

Aquella anciana tenía un hijo en la cárcel. Todas las mañanas subía a pie la colina del viejo castillo de la colonia que dominaba la ciudad. La dejaban verlo tres veces por semana, pero en ocasiones gozaba del privilegio de una cuarta o quinta vez, y por eso subía todos los días en espera de que este día resultara día de privilegio.

Por el frente, el castillo estaba edificado sobre una roca casi cortada a pico, inexpugnable para los ejércitos del siglo XVIII cuando lo mandó construir Carlos III que tenía razones para desconfiar de los ingleses tan atraídos por la riqueza de la Perla de las Antillas. Pero por detrás, la elevación era poco empinada y no imposible de negociar para una anciana decidida; sí es verdad que sufría un poco de disnea como a medio camino, pero ella no le daba importancia, únicamente lo hacía el médico.

Cuando era una joven animosa y, hasta cierto punto, feliz como se puede ser en este mundo, había tenido dos hijos. El mayor era estudiante de cuarto año de la Universidad de La Habana y, después de que cerraron la Universidad, salió en una manifestación reclamando libertad y paz. Esto era en tiempos de la primera dictadura, hace treinta y seis años, cómo pasa el tiempo. En esa manifestación hubo muchos estudiantes golpeados pero solamente un muerto y ése fue su hijo. Y la anciana lo recordaba todas las mañanas cuando subía la colina del castillo que el rey Carlos construyó para defender a la Muy Leal y Noble Ciudad de La Habana.

El primer hijo de la anciana era mártir y el segundo, gusano, y eso le daba derecho a la madre a un status especial.

Ella subía temprano por las mañanas para evitar el sol dañino y se sentaba tranquila en una roca enfrente de la garita a esperar la hora. Esto estaba prohibido pero la anciana tenía sus privilegios y nadie le decía nada.

La anciana era viuda y como era madre de mártir tenía una buena pensión que gastaba casi enteramente en la bolsa negra. Gracias a ésta podía adquirir alimentos, y hasta, en ocasiones, gollerías con las cuales obsequiar a su hijo preso. Cuando el escolta de la prisión registraba su cesta, sabía que las provisiones eran de esa calidad que sólo procura la bolsa negra o la membresía en el Buró Político, pero no decía nada porque la anciana tenía sus privilegios.

Hoy había traído media docena de mangos del Caney, jugosos, panuditos, de ésos que ya no se encuentran, sin duda por culpa del bloqueo americano que no nos exporta mangos. El escolta miró los mangos con envidia y no dijo nada.

El vástago gusano, por nombre Nicolás, le regaló uno de los mangos a Hernán, que estaba pasando una temporada en el castillo. Este lo compartió con sus tres compañeros de celda a dentelladas porque el cuchillo de mesa era arma prohibida y no era cuestión de perder medio mango sobornando al guardia para que prestara uno por dos minutos.

La anciana no quería ya nada de la vida, salvo la libertad de su hijo. Todos los días hacía antesalas eternas a los compañeros de su primer hijo en la esperanza de salvar al segundo. Algunos la escuchaban en silencio, otros le decían que no podían hacer nada. Alguno era franco. El hijo había tratado de fundar un sindicato libre en la refinería de petróleo del otro lado de la bahía y fue condenado a veinte años por asociación ilícita y propaganda enemiga con fines antisociales. Alberto, el compañero de su hijo mayor en la huelga revolucionaria que estalló tras el asesinato de Frank País, quién se acuerda de eso, le habló sin rodeos: — No puedo hacer nada.

— ¿Pero es un delito tan grande organizar un sindicato en este país?

— Así empezó Solidaridad en Polonia y mire hasta donde hemos llegado señora... Tal vez si su hijo le hubiera pegado un par de puñaladas a su mujer, podría arreglarlo, pero en esta clase de crímenes resulta imposible, lamento no poder complacerla.

Después de los primeros meses, ya nadie la recibía. Entonces comenzó a escribir. Todas las cartas eran iguales. Nunca le contestaban por escrito, pero con cierta frecuencia la llamaba el secretario del destinatario o alguien y le decía que no podía hacer nada. Algunos añadían que los perdonara. Y a éstos, ella les seguía escribiendo. En tres años y siete meses había escrito mil trescientas cartas. Alberto la llamó en persona, fue el único, y le dijo que había tratado sin éxito pero que volviera a llamarlo después de que su hijo cumpliera la mitad de la condena. Como ya llevaba tres años y once meses, eso quería decir que esperara seis años y un mes más.

No se daba por vencida y continuaba escribiendo, siempre a mano, siempre la misma carta.

No acostarse nunca sin escribir una carta. Hoy estaba muy cansada —son ochenta y tres años y cuarenta y uno de horrores, salvo unos meses de descanso— y ya una no es una jovencita y hoy hacía mucho calor pero valía la pena, la cara que puso al ver los mangos y estuvo diez minutos feliz, son diez minutos de indulgencia, y total ¿qué otra cosa tengo yo que hacer? y el ejercicio me conserva fuerte, me lo dijo el médico, no tengo señales de osteoporosis y mañana volveré a subir y será otro día y mientras hay vida hay esperanza. Y escribió la primera carta y la segunda y esta noche la tercera en su letra grande, redonda, clara, y ahora comenzaba la cuarta que sería la última por hoy y mañana echaría las cuatro en el buzón que quedaba enfrente del monumento, no, no, si se sentía bien, antes de subir a la colina caminaría hasta correos, ya no había autobuses en que montar ilesa, echando las cartas en correo se ganaba un día. Tomó el bolígrafo, que le regalaron en un aniversario en la escuela que lleva el nombre de su hijo, con grabado en blanco, rojo y azul, los tres colores de la bandera, y la estrella solitaria, y comenzó a escribir la última carta:

Estimado Compañero:

Espero que al recibo de ésta se encuentre Usted bien de salud en compañía de los suyos. Yo, a Dios gracias, no estoy mal.

Como la anciana era madre de mártir la enterraron con la bandera cubana. Azul y blanca con la estrella solitaria.

50

Va cayendo la noche en mar gris
A babor algo choca con el bote
Ruido de peces
Aleta negra sobre espuma
El tiburón-martillo caza
Se estremece la piel quemada
Estrellas brillan cuando pueden
En el bote entra agua
Achicar agua fría
Pies fríos
Sin dormir
Noche oscura en el mar
No hay luna
No hay vela
No hay mástil
No hay remos
No hay rumbo
No hay mujer
No hay tú
No hay luz
No hay voces
No hay agua
No hay paciencia

No hay esperanza
No hay Cuba
Cuba: aparta de mí
este micrófono.
Cuba: No te dejes hundir
Isla de corcho y alma
Noche oscura en el mar

51

En la Florida siempre hay alguien que espera a un familiar, a un novio, a un amigo que un día tomó un bote o una pobre balsa de neumáticos flotadores y tablas y se lanzó al mar con más tedio que esperanza.

Pasan los días y uno llama a Cuba. Con la cautela de siempre —cautela mayormente inútil porque Seguridad del Estado escucha siempre— hay que mantener el puesto de trabajo, y sospecha casi siempre, y se confirma con la familia que sí, que salió. Y no se vuelve a saber más del que se fue.

Siempre la esperanza nos dice que algún día puede llegar a la casa, cansado, herido, enloquecido pero vivo. Y siempre cada noche, hay en el portal una luz encendida esperando.

Y todas las mañanas uno apaga la luz.

52

Un balsero procedente de Cuba fue avistado por un cutter de U.S. Coast Guard, Servicio de Guardacostas de los Estados Unidos de América, en horas del amanecer de hoy, y rescatado de una embarcación en mal estado que estaba a punto de hundirse, a treinta y siete millas al este-sureste de la costa oriental de la Florida. El náufrago, de unos treintaicinco a cuarenta años, sexo masculino, complexión media, elevada estatura, cabello negro, está en estado de deshidratación avanzada y presenta laceraciones en la piel atribuidas al agua salada y al sol y algún traumatismo leve. El presunto refugiado está siendo atendido en el hospital militar de Homestead y su presente condición se considera moderadamente grave. Se espera su recuperación, de no ocurrir complicaciones.

*

U.S. Coast Guard recogió en horas de la tarde de hoy, un bote abandonado sin remos ni mástil, a unas sesenta millas al este de Key Largo.

El bote presenta indicios que permiten asegurar que proviene de Cuba. Aparentemente el tripulante o tripulantes fueron arrebatados por el intenso oleaje. La búsqueda por un avión militar del comando aéreo del sur de la Florida no ofreció resultado positivo alguno y se ha descontinuado por inútil.

LIBROS PUBLICADOS EN LA COLECCIÓN CANIQUÍ
(NARRATIVA: novelas y cuentos)

005-4	AYER SIN MAÑANA
	Pablo López Capestany
016-X	YA NO HABRÁ MAS DOMINGOS
	Humberto J. Peña
017-8	LA SOLEDAD ES UNA AMIGA QUE VENDRÁ
	Celedonio González
018-6	LOS PRIMOS
	Celedonio González
019-4	LA SACUDIDA VIOLENTA
	Cipriano F. Eduardo González
020-8	LOS UNOS, LOS OTROS Y EL SEIBO
	Beltrán de Quirós
021-6	DE GUACAMAYA A LA SIERRA
	Rafael Rasco
022-4	LAS PIRAÑAS Y OTROS CUENTOS CUBANOS
	Asela Gutiérrez Kann
023-2	UN OBRERO DE VANGUARDIA
	Francisco Chao Hermida
024-0	PORQUE ALLÍ NO HABRÁ NOCHES
	Alberto Baeza Flores
025-9	LOS DESPOSEÍDOS
	Ramiro Gómez Kemp
027-5	LOS CRUZADOS DE LA AURORA
	José Sánchez-Boudy
030-5	LOS AÑOS VERDES
	Ramiro Gómez Kemp
032-1	SENDEROS
	María Elena Saavedra
033-X	CUENTOS SIN RUMBOS
	Roberto G. Fernández
034-8	CHIRRINERO
	Raoul García Iglesias
035-6	¿HA MUERTO LA HUMANIDAD?
	Manuel Linares
036-4	ANECDOTARIO DEL COMANDANTE
	Arturo A. Fox

037-2	SELIMA Y OTROS CUENTOS
	Manuel Rodríguez Mancebo
038-0	ENTRE EL TODO Y LA NADA
	René G. Landa
039-9	QUIQUIRIBÚ MANDINGA
	Raúl Acosta Rubio
040-2	CUENTOS DE AQUÍ Y ALLÁ
	Manuel Cachán
041-0	UNA LUZ EN EL CAMINO
	Ana Velilla
042-9	EL PICÚO, EL FISTO, EL BARRIO Y OTRAS ESTAMPAS CUBANAS
	José Sánchez-Boudy
043-7	LOS SARRACENOS DEL OCASO
	José Sánchez-Boudy
0434-7	LOS CUATRO EMBAJADORES
	Celedonio González
0639-X	PANCHO CANOA Y OTROS RELATOS
	Enrique J. Ventura
0644-7	CUENTOS DE NUEVA YORK
	Angel Castro
129-8	CUENTOS A LUNA LLENA
	José Sánchez-Boudy
1349-4	LA DECISIÓN FATAL
	Isabel Carrasco Tomasetti
135-2	LILAYANDO
	José Sánchez-Boudy
1365-6	LOS POBRECITOS POBRES
	Alvaro de Villa
137-9	CUENTOS YANQUIS
	Angel Castro
158-1	SENTADO SOBRE UNA MALETA
	Olga Rosado
163-8	TRES VECES AMOR
	Olga Rosado
167-0	REMINISCENCIAS CUBANAS
	René A. Jiménez
168-9	LILAYANDO PAL TU (MOJITO Y PICARDÍA CUBANA)
	José Sánchez Boudy
170-0	EL ESPESOR DEL PELLEJO DE UN GATO YA CADÁVER
	Celedonio González

171-9	NI VERDAD NI MENTIRA Y OTROS CUENTOS
	Uva A. Clavijo
177-8	CHARADA (cuentos sencillos)
	Manuel Dorta-Duque
184-0	LOS INTRUSOS
	Miriam Adelstein
1948-4	EL VIAJE MÁS LARGO
	Humberto J. Peña
196-4	LA TRISTE HISTORIA DE MI VIDA OSCURA
	Armando Couto
215-4	AVENTURAS DE AMOR DEL DOCTOR FONDA
	Nicolás Puente-Duany
217-0	DONDE TERMINA LA NOCHE
	Olga Rosado
218-9	ÑIQUÍN EL CESANTE
	José Sánchez-Boudy
219-7	MÁS CUENTOS PICANTES
	Rosendo Rosell
227-8	SEGAR A LOS MUERTOS
	Matías Montes Huidobro
230-8	FRUTOS DE MI TRASPLANTE
	Alberto Andino
244-8	EL ALIENTO DE LA VIDA
	John C. Wilcox
249-9	LAS CONVERSACIONES Y LOS DÍAS
	Concha Alzola
251-0	CAÑA ROJA
	Eutimio Alonso
252-9	SIN REPROCHE Y OTROS CUENTOS
	Joaquín de León
2533-6	ORBUS TERRARUM
	José Sánchez-Boudy
255-3	LA VIEJA FURIA DE LOS FUSILES
	Andrés Candelario
259-6	EL DOMINÓ AZUL
	Manuel Rodríguez Mancebo
263-4	GUAIMÍ
	Genaro Marín
270-7	A NOVENTA MILLAS
	Auristela Soler
282-0	TODOS HERIDOS POR EL NORTE Y POR EL SUR
	Alberto Muller

286-3	POTAJE Y OTRO MAZOTE DE ESTAMPAS CUBANAS
	José Sánchez-Boudy
287-1	CHOMBO
	Cubena (Carlos Guillermo Wilson)
292-8	APENAS UN BOLERO
	Omar Torres
297-9	FIESTA DE ABRIL
	Berta Savariego
300-2	POR LA ACERA DE LA SOMBRA
	Pancho Vives
301-0	CUANDO EL VERDE OLIVO SE TORNA ROJO
	Ricardo R. Sardiña
303-7	LA VIDA ES UN SPECIAL
	Roberto G. Fernández
321-5	CUENTOS BLANCOS Y NEGROS
	José Sánchez-Boudy
327-4	TIERRA DE EXTRANOS
	José Antonio Albertini
331-2	CUENTOS DE LA NIÑEZ
	José Sánchez-Boudy
332-0	LOS VIAJES DE ORLANDO CACHUMBAMBÉ
	Elías Miguel Muñoz
335-5	ESPINAS AL VIENTO
	Humberto J. Peña
342-8	LA OTRA CARA DE LA MONEDA
	Beltrán de Quirós
343-6	CICERONA
	Diosdado Consuegra Ortal
345-2	ROMBO Y OTROS MOMENTOS
	Sarah Baquedano
3460-2	LA MÁS FERMOSA
	Concepción Teresa Alzola
349-5	EL CÍRCULO DE LA MUERTE
	Waldo de Castroverde
350-9	UN GOLONDRINO NO COMPONE PRIMAVERA
	Eloy González-Arguelles
352-5	UPS AND DOWNS OF AN UNACCOMPANIED MINOR REFUGEE
	Marie Francoise Portuondo
363-0	MEMORIAS DE UN PUEBLECITO CUBANO
	Esteban J. Palacios Hoyos

370-3	PERO EL DIABLO METIÓ EL RABO
	Alberto Andino
378-9	ADIÓS A LA PAZ
	Daniel Habana
381-9	EL RUMBO
	Joaquín Delgado-Sánchez
386-X	ESTAMPILLAS DE COLORES
	Jorge A. Pedraza
4116-7	EL PRÍNCIPE ERMITAÑO
	Mario Galeote Jr.
420-3	YO VENGO DE LOS ARABOS
	Esteban J. Palacios Hoyos
423-8	AL SON DEL TRIPLE Y EL GÜIRO...
	Manuel Cachán
435-1	QUE VEINTE AÑOS NO ES NADA
	Celedonio González
439-4	ENIGMAS (3 CUENTOS Y 1 RELATO)
	Raul Tápanes Estrella
440-8	VEINTE CUENTOS BREVES DE LA REVOLUCIÓN CUBANA Y UN JUICIO FINAL
	Ricardo J. Aguilar
442-4	BALADA GREGORIANA
	Carlos A. Díaz
448-3	FULASTRES Y FULASTRONES Y OTRAS ESTAMPAS CUBANAS
	José Sánchez-Boudy
460-2	SITIO DE MÁSCARAS
	Milton M. Martínez
464-5	EL DIARIO DE UN CUBANITO
	Ralph Rewes
465-3	FLORISARDO, EL SÉPTIMO ELEGIDO
	Armando Couto
472-6	PINCELADAS CRIOLLAS
	Jorge R. Plasencia
473-4	MUCHAS GRACIAS MARIELITOS
	Angel Pérez-Vidal
476-9	LOS BAÑOS DE CANELA
	Juan Arcocha
486-6	DONDE NACE LA CORRIENTE
	Alexander Aznares
487-4	LO QUE LE PASO AL ESPANTAPÁJAROS
	Diosdado Consuegra

493-9	LA MANDOLINA Y OTROS CUENTOS
	Bertha Savariego
494-7	PAPÁ, CUÉNTAME UN CUENTO
	Ramón Ferreira
495-5	NO PUEDO MAS
	Uva A. Clavijo
499-8	MI PECADO FUE QUERERTE
	José A. Ponjoán
501-3	TRECE CUENTOS NERVIOSOS — NARRACIONES BURLESCAS Y DIABÓLICAS —
	Luis Ángel Casas
503-X	PICA CALLO
	Emilio Santana
509-9	LOS FIELES AMANTES
	Susy Soriano
519-6	LA LOMA DEL ANGEL,
	Reinaldo Arenas
5144-2	EL CORREDOR KRESTO
	José Sánchez-Boudy
521-8	A REY MUERTO REY PUESTO Y UNOS RELATOS MAS
	José López Heredia
533-1	DESCARGAS DE UN MATANCERO DE PUEBLO CHIQUITO
	Esteban J. Palacios Hoyos
539-0	CUENTOS Y CRÓNICAS CUBANAS
	José A. Alvarez
542-0	EL EMPERADOR FRENTE AL ESPEJO
	Diosdado Consuegra
543-9	TRAICIÓN A LA SANGRE
	Raul Tápanes-Estrella
544-7	VIAJE A LA HABANA
	Reinaldo Arenas
545-5	MAS ALLÁ LA ISLA
	Ramón Ferreira
546-3	DILE A CATALINA QUE TE COMPRE UN GUAYO
	José Sánchez-Boudy
554-4	HONDO CORRE EL CAUTO
	Manuel Márquez Sterling
555-2	DE MUJERES Y PERROS
	Félix Rizo Morgan
556-0	EL CÍRCULO DEL ALACRÁN
	Luis Zalamea

560-9	EL PORTERO
	Reinaldo Arenas
565-X	LA HABANA 1995
	Ileana González
568-4	EL ÚLTIMO DE LA BRIGADA
	Eugenio Cuevas
570-6	CUANDO ME MUERA QUE ME ARROJEN AL RIMAC EN UN CAJÓN BLANCO
	Carlos A. Johnson
574-9	VIDA Y OBRA DE UNA MAESTRA
	Olga Lorenzo
575-7	PARTIENDO EL «JON»
	José Sánchez-Boudy
576-5	UNA CITA CON EL DIABLO
	Francisco Quintana
587-0	NI TIEMPO PARA PEDIR AUXILIO
	Fausto Canel
594-3	PAJARITO CASTAÑO
	Nicolás Pérez Díez Argüelles
595-1	EL COLOR DEL VERANO
	Reinaldo Arenas
596-X	EL ASALTO
	Reinaldo Arenas
611-7	LAS CHILENAS (novela o una pesadilla cubana)
	Manuel Matías
615-1	LA CAUSA
	Eulalia Donoso
616-8	ENTRELAZOS
	Julia Miranda y María López
619-2	EL LAGO
	Nicolás Abreu Felippe
629-X	LAS PEQUEÑAS MUERTES
	Anita Arroyo
630-3	CUENTOS DEL CARIBE
	Anita Arroyo
631-1	EL ROMANCE DE LOS MAYORES
	Marina P. Easley
632-X	CUENTOS PARA LA MEDIANOCHE
	Luis Angel Casas
633-8	LAS SOMBRAS EN LA PLAYA
	Carlos Victoria

638-9	UN DÍA... TAL VEZ UN VIERNES
	Carlos Deupi
643-5	EL SOL TIENE MANCHAS
	René Reyna
653-2	CUENTOS CUBANOS
	Frank Rivera
657-5	CRÓNICAS DEL MARIEL
	Fernando Villaverde
667-2	AÑOS DE OFÚN
	Mercedes Muriedas
660-5	LA ESCAPADA
	Raul Tápanes Estrella
670-2	LA BREVEDAD DE LA INOCENCIA
	Pancho Vives
672-9	GRACIELA
	Ignacio Hugo Pérez-Cruz
693-1	TRANSICIONES, MIGRACIONES
	Julio Matas
694-X	OPERACIÓN JUDAS
	Carlos Bringuier
697-4	EL TAMARINDO / THE TAMARIND TREE
	María Vega de Febles
698-2	EN TIERRA EXTRAÑA
	Martha Yenes — Ondina Pino
699-0	EL AÑO DEL RAS DE MAR
	Manuel C. Díaz
700-8	¡GUANTE SIN GRASA, NO COGE BOLA!
	(REFRANES CUBANOS), José Sánchez-Boudy
705-9	ESTE VIENTO DE CUARESMA,
	Roberto Valero Real
707-5	EL JUEGO DE LA VIOLA,
	Guillermo Rosales
709-1	GRIETAS EN EL CRISOL,
	Gustavo Darquea
711-3	RETAHÍLA,
	Alberto Martínez-Herrera
720-2	PENSAR ES UN PECADO,
	Exora Renteros
728-8	REGRESO DE ALICIA AL PAÍS DE LAS MARAVILLAS,
	René Ariza
729-6	LA TRAVESÍA SECRETA,
	Carlos Victoria

741-5	SIEMPRE LA LLUVIA, José Abreu Felippe
748-2	ELENA VARELA, Martha M. Bueno
755-5	ANÉCDOTAS CASI VERÍDICAS DE CÁRDENAS, Frank Villafaña
759-8	LA PELÍCULA, Polo Moro
769-5	CUENTOS DE TIERRA, AGUA, AIRE Y MAR, Humberto Delgado-Jenkins
772-5	CELESTINO ANTES DEL ALBA, Reinaldo Arenas
779-2	UN PARAÍSO BAJO LAS ESTRELLAS, Manuel C. Díaz
780-6	LA ESTRELLA QUE CAYÓ UNA NOCHE EN EL MAR, Luis Ricardo Alonso
781-4	TINA, Martha Bueno
782-2	MONÓLOGO CON YOLANDA, Alberto Muller
784-9	LA CÚPULA, Manuel Márquez Sterling
785-7	CUENTA EL CARACOL (relatos y patakíes) Elena Iglesias
789-X	MI CRUZ LLENA DE ROSAS (cartas a Sandra, mi hija enferma), Xiomara Pagés